自牧

王志荣 著

BH
百花文艺出版社
天津出版传媒集团

图书在版编目（CIP）数据

自牧 / 王志荣著 . -- 天津 : 百花文艺出版社，
2023.11
ISBN 978-7-5306-8681-2

Ⅰ . ①自… Ⅱ . ①王… Ⅲ . ①散文集—中国—当代
Ⅳ . ① I267

中国国家版本馆 CIP 数据核字 (2023) 第 223185 号

自牧
ZIMU
王志荣　著

出 版 人：薛印胜
责任编辑：由高峰
装帧设计：百悦兰棠
出版发行：百花文艺出版社
地址：天津市和平区西康路 35 号　　**邮编：**300051
电话传真：+86-22-23332651（发行部）
+86-22-23332656（总编室）
+86-22-23332478（邮购部）
网址：http://www.baihuawenyi.com
印刷：廊坊市海涛印刷有限公司
开本：787 毫米 ×1092 毫米　1/16
字数：160 千字
印张：14.75
版次：2023 年 11 月第 1 版
印次：2024 年 1 月第 1 次印刷
定价：68.00 元

如有印装质量问题，请与廊坊市海涛印刷有限公司联系调换
地址：河北省廊坊市安次区码头镇金官屯村海涛印刷有限公司
电话：（0316）2516002　邮编：065000

行道迟迟终有归（自序）

从未做过文学梦，但是，为了释放内心的压力，为了排解生活的烦忧，为了泻泻“肝火”，我经常把自己关起来读书，读着读着便有了写的冲动，写着写着就被文字咬住不放，于是就喜欢上了码字，进而就成了习惯。后来，对旅行中的所见所闻，对过往的追忆，对生活中的感悟以及即物起兴等方面，我总要竭力挤出时间将其记录下来，“涂鸦”成小文章，暂且都称作散文吧。2010 年以前的文章仅剩下网络空间的两篇，其他的因电脑硬盘损坏而悉数丢失。近十年又写了一些。有朋友建议梳理后出个集子，原本对出书这件事，我并不十分迫切，鉴于上次丢失文稿的教训，我对电子存储方式心有余悸，不再信任，于是，决定弄个纸质件放心些。虽不是名人名作，但毕竟是自己的心路历程，留个念想也好。

这是我的第一本集子，整理起来有些不知所措，处处谨小慎微。本书共选入五十六篇文章，十万五千余字。我用暑假两个月的时间在修改、校对这些文章，几乎每天要耗费八个小时，在电脑前坐累了，就躺床上在手机上继续改。曾有过拜请熟悉的知名的前辈帮忙作序的想法，终因羞于文字粗糙、笔力拙劣而放弃，遂决定自己作序。

对于书名，我最犯愁。大作家们声名显赫，可以直接用“某某文集”即可，显得言简意赅，恰若灼灼璞玉，静绽芳华。而我也许是因为还处于追求辞藻的低级水平，固执地想要起一个好听一点的又能反映整本书精神内核的名字。窃以为，书名之于书就如同孩提时代玩的竹节人或是铁粉舞。书名即是竹节中的那根线，把一篇篇的文章连起来，拽紧线，形成一个立体的竹节人，只有这样它们才可以扭动、挥舞起来，去战斗。书名又或是一块磁铁，把散落在沙堆里的一颗颗细小的铁粉吸聚在一起，使其跳出优美的舞姿。所以，关于书名，思虑再三，难以定夺。

直到在岐山草场目睹了那群羊，我才茅塞顿开。蓝天白云下，碧草青青，一群羊在悠闲自得地啃食青草，没人看管，没人放牧。人读书、写文不正如羊吃下草、消化草的过程吗？人通过读书把知识“吃”进肚子，然后经过生活的“消化”，“吸收”里面的营养，从而使自身的德行、修为得以提高，最后再通过写作“排出”体外。当然，某些作家笔下能生花，吃的是草，挤出来的是洁白、甘甜、营养丰富的乳汁。而我的文字只能算是从肛门拉出的一颗颗黑色的羊屎豆，对于别人而言，可能毫无意义，却是滋养我心灵的最好的肥料。其实，每次写完后精神就会放松，是乳是屎已无关紧要了。精神放空后，继而又产生饥饿感，渴望去“吃草”。这就是自我放牧的状态，完全自律，无须别人监管。猛然联想到《周易》语：“谦谦君子，卑以自牧。”纠结的心豁然明朗，打算就用它了——“卑以自牧”。

静心细想，我又诚惶诚恐，原因有二。其一，担心读者误以为我自称君子，往自己脸上贴金。难逃自命不凡的骂名。其实，我时常自称“痞子”。这倒不是自我轻贱，个人认为痞子再坏也比伪君子强，起码活得真实，而伪君子伪装之下，更肆无忌惮，更容易做出伦常乖舛甚至伤天害理的事。当然，我渴望从“痞子”转变为君子——真君子。其二，有功、有名、有位、有真才实学的人才配“谦虚”二字，我无功无名，无权无位，又胸无点墨，何谈谦虚？所以，应该叫作“需以自牧”或“须以自牧”更恰当，即需要或必须自我增长智识，提升修为。简而言之，就是“自牧”。这就是书名的由来。

诚然，书中文章算不上佳作，但我在写的时候，是付出了真情的，是花了大量心血的，是于忙碌的时间空隙中“挤”出来的，并非闲处信手拈来。行思坐筹，佩弦自急，以至于近些年脱发异常严重。面对镜子里的自己，我不禁嗟叹，衰发不胜簪，那更插茱萸，不堪驰驱，不堪劬劳，切实感受到岁月是一把无情的杀猪刀。有朋友调侃，乃“当下”所赠，我一笑而过，当下就当下吧，当下生活不易，码字不易，劳心劳力啊！天命之年，浮生已半，收获的阳光和苦难也够塞满几大筐，这可是与自己灵魂对话的资本。身处危机四伏的年纪，或许哪天就遽然呜呼，撒手人寰，心里那点酸水再不一吐为快，就变成潲水了。尤感时不我待，进而奋笔疾书，唯恐空留皮囊在人间。

文学是一道通往精神世界的窄门，倘若我能用笔把这道紧锁的窄门轻推一丝缝隙，以文字为眼，略窥社会、历史的真容，亦足矣。倘若一无所获，也无须懊丧，我这一小撮盐，抛撒在漫漫长河，肯定无味无形，无波无澜。

人之患，在好为人师。时下，此类人还为数颇多，处处以师自居，要去启蒙他人，要去训导他人。但是，我位卑学浅，不敢以师自诩，能勉强独善其身。记录这些文字，原本只为顾影自赏，留存一抹记忆，说明那段时光，我活过；证明那个地方，我来过。如果能给予读者一星半点的启迪，那就真的是无心插柳了。

借吕岩句，谨以自勉，“学道客，修养莫迟迟，光景斯须如梦里”。稼穑益躬耕，牛羊须自牧。余生不颓废，亦不张扬，诚愿做个老老实实的牧羊人，牵着自己的魂灵进入文字的世界，寻得一片水草丰茂的净土，放牧自己，幸甚至哉。

2022 年 9 月 10 日于金海湾陋室

目　录

第一辑　行走之痕

第二辑　深情回眸

第三辑　心烟袅娜

第四辑　物与吾言

第一辑

行走之痕

至情的歌哭，孝道的咏叹

穿过武隆的新街与旧巷，走近武隆的山和水，聆听武隆的曲和歌，我深切地感到，她们似骨肉相连，不可割裂，似水乳相融，互依共生，世代涵养并支撑着武隆，孕育出雄浑震宇的纤夫精神和淳朴质厚的孝道文化。这是武隆的灵魂和血肉。

深夜独坐于旅馆窗前沉思，剥除纷繁杂乱的包裹的层层外衣，几个代表物质或精神状态的关键词在我的印象中突显出来。

武隆，这个渝东南的深闺小县，在我的印象中是什么？

是大山，万顷绿茵、雄峻秀奇的仙女山和白马山。

是大江，奔腾咆哮、千里一碧的乌江。

是一声声撼天动地的呐喊，叫川江号子。

是一句句凄婉揪心的咏叹，叫哭嫁歌。

土家山寨的姑娘要出嫁了。月亮从峡江的底谷一溜烟跑到山顶，姑娘的哭唱跟着月光一路升起来：“月儿弯弯照华堂，女儿开言叫爹娘。

父母养儿空指望，如似南柯梦一场。一尺五寸把儿养，移干就湿苦非常。劳心费力成虚晃，枉自爹娘苦一场……”

“我的父啊我的母，离别方知父母的苦。我的父啊我的母，请为我照亮回家的路……”

哭嫁歌声飘出吊脚楼，爬上门前的幽幽竹林，迈过沟沟坎坎，直到唤醒沉睡的黑夜，染红姑娘的双眼，才悄然落下。幽咽的歌哭声断断续续飘了一夜，寨子周围的山、谷、树、草、虫一起聆听了一夜，风来唱，水来和。在这一刻，我明白了，哭嫁歌并非人所独享。

迎亲的唢呐声嘹亮高亢，哭嫁的歌声柔软凄婉，闻之不禁潸然泪涌。女儿的泪是汇成母亲心海的溪流，女儿的泪是碧荷上滑落的晨露，睹之不禁黯然神伤。女儿一步三回头，唢呐声渐行渐远。离家的路口，一缕缕白发久久飘荡，一个弯成犁铧的背影久久伫立，一张布满沟壑的脸久久凝视，一切的疼惜与祈愿全都融进这凄冷的晨风中。

哭嫁，土家儿女婚俗变迁的活化石。哭嫁歌，一部反映土家族婚姻史的抒情长诗，以哭伴唱，曲婉词哀，凄厉揪心，催人泪下，被誉为“中国式的咏叹调”。如一棵饱经沧桑的古树，根系牢牢盘结在亲情的土地上，虽树皮皴裂，却枝叶亮丽。它同川江号子一样，穿越巴渝千年历史，在川江流域的高山与峡谷间荡气回肠，哭唱出一阕阕土家孝道的咏叹之词。

哭嫁习俗虽历史悠久，但缺乏详细全面的文献记载，后代学者仅能从散落于部分典籍中的只言片语略窥点滴，寻其踪迹。然而，哭嫁这种婚俗曾经遍布在中国这片神奇而古老的国土，汉、土家、藏、彝、壮、哈萨克等民族都曾有此传统习俗，尤以聚居在湘鄂渝黔的土家族哭嫁风韵独具，内容最丰富，程式最复杂，艺术感染力最强。也许是这里的崇山叠岭和险峡急流形成的天然屏障，阻止了古代外来文化的冲击，使之一直按照本民族历史的节拍缓缓前行，哭嫁习俗才得以保存其独特风貌并沉积下来，没有融化在千人一面的文化性格里。

部分史学家认为土家族哭嫁起源于古代“抢婚”的野蛮习俗，与“初夜权”“接骨种”“坐床”等陋习相关，是对封建不平等婚姻的控诉，这些观点都不无道理。但从人性和社会发展的角度看，哭嫁歌闪耀着至真至纯的人性光辉，已超越了一切原始蛮荒及封建礼教的意义。虽有哭诉媒人巧舌如簧、乱点鸳鸯的段子，略显俏皮戏谑，但感伤骨肉分离、忆念父母养育恩情才是贯穿始终的抒情基调，句句都是真情流露，特别是“哭爹娘”“哭兄嫂”等环节，声声皆是孝慈仁心的跃然呈现。

哭嫁所承载的亲情之道、孝慈之道，不同于味同嚼蜡、令人索然无味的经院式的说教，更迥异于封建家长式的训诫，厉声严词，让人噤若寒蝉，最终把人的思想和行为蜷曲成木讷的根雕。哭嫁歌，表面上充满离愁别绪，其实如泣如诉，内蕴浓郁的孝亲之情。父母的殷殷嘱咐，女儿的绵绵幽咽，宛如一缸老酒，窖藏于高山深谷几千年，浓香四溢，甘醇爽口，默默地润泽着淳朴民风。

在乌江畔，在武隆寂静的夜里，沐浴着峡风，思维火花被点燃，我在冥思，为何哭嫁歌只钟情于高山与峡谷、急流与险滩？就如蒙古族的长调，只垂青一马平川的草原和无限空旷的蓝天。泥土气息浓郁的哭嫁歌并不悠扬，甚至有些粗糙，为何能轻而易举地钻进我心灵的深处？或许，能够让人内心有所震撼的声音往往并不华丽，而是质朴的、淳厚的、诚挚的。

古往今来，无数川江儿女用死亡与离别，用血泪与痛楚，迎击过太多急流，跋涉过太多险滩。他们用匍匐式的谦恭的姿态，与大地平行，用生命体悟出敬畏的内涵。他们深知什么叫望眼欲穿，什么叫牵肠挂肚。他们深知生存何其不易、养育何其艰辛，所以更懂得孝亲敬亲之真谛。这里的山很高，达到与天空握手的高度；这里的峡谷很深，深到与地心共振的频率。哭嫁的歌声可以顺着高山爬上云朵，可以顺着峡谷淌过大地的心灵。歌声远播，带去的是川江儿女赤诚的敬畏与孝道之心，让天地知晓，让人鬼知晓。川江儿女的孝敬之道因此蒙上了悲壮、凄婉的色彩，但又不失浪漫的情调。

有些记忆像凿刻在石崖的雕像，令人仰望且不易抹掉，可有些记忆却永远回不去，不留念，不追忆，但定要知道我们来自何方，到何处去。只企望川江儿女的孝道之源能像川江的水，万古奔流，永不停息。

触摸武隆的历史人文脉络，《印象・武隆》当是最快捷的途径，在霓虹歌舞背后，我品到“消失”两个字。近百年，中国许多乡土传统文化被当作封建迷信从生养它的土地里揪出，抛弃在历史的暗角，孝道文化亦遭受了前所未有的三次大劫难。哭嫁歌，势必在劫难逃，逐渐退出民俗舞台。如今，旅游热的蓬勃兴起，外来学者和观光者的拥入，让我们猛然发现，灵魂早已被掏空，肉早已被剜尽，血早已干涸，仅存空荡荡的躯壳。恍然彻悟之后，方才极力去寻回点什么。曾经消失的世界文明，为我们敲响了警钟，如果不培育民族精神、不保护民族文化，民族就难以承受岁月长河的淘洗，终将难逃没落的命运而尴尬谢幕。我心中猝然而生隐隐的忧虑：我们拿什么传承先祖的血脉与精魂？

《印象・武隆》竭力修复我们精神断裂的碎片，告诉我们川江儿女曾经的生活状态和理想信仰，即使牺牲商业利益也要邀请老人们重温旧梦。在武隆坊间，我听到“美德少年”——陈容延续孝道的故事，深为感动。在武隆的崎岖的山道上，我见到了花发满头、步履蹣跚的老人，在儿孙的搀扶下，沉醉于怡人的风景。或许他们没有意识到，他们本身就是一道亮丽的孝慈之景。

武隆，就像一个哭嫁女，玲珑婀娜。她秉承独特淳厚的孝慈之道，以《印象·武隆》这种载歌载舞的方式，吼着川江号子，唱着哭嫁歌，走出闺阁，将自己嫁给世界。

从历史与现实的缝隙走进襄阳

一

一座城就像一个人，总有相对稳定的气质，那是内隐的精魂不自觉的外显，展现出自身独有的风度和魅力，可以体悟，可以意会，却难以效仿。要理解一座城，实非易事，只停留在书本中绝不可行，仅仅靠走马观花、浮光掠影的游玩也不可行，须由表及里地去感知、探求，既要实地感受自然、人文景观，又要深入研读她的历史，体察她内在的气质、精神、灵魂。山水、建筑、人文、某些重要历史事件各自承载着一座城市诞生、发展以及没落的深刻记忆，它们都是构成一座城市气质的重要元素。有些元素是与生俱来的，有些元素来自历史的积淀。这些元素历经岁月长河的淘洗，融会贯通，存精华，弃糟粕，便形成了个性十足的朗朗风骨，映照乾坤。它们共同构成这座城市精神的脊梁，让人倾心、膜拜、仰望。

对于襄阳，初识于金庸的《神雕侠侣》中郭靖、黄蓉夫妇坚守襄阳，大战元军的情节。自那时起，我印象中的襄阳便是英雄辈出的圣地，聚集着神功盖世的豪侠，演绎着惊天地、泣鬼神的悲壮故事。

更深刻的认识是源于一位襄阳的网友，网名“木槿”，她喜欢古典诗词，她让我给取个有文学气息、有诗意的网名。我清楚地知道自己文字功力尚浅，对襄阳虽久闻其盛名，却未领会其神韵，但又不好拒绝，只能硬着头皮应承下来。窘于自己对襄阳了解的肤浅，为此我大量涉阅了关于襄阳的人文、地理、历史资料。试图从纷繁复杂的表象之中，捕捉其蕴藏在灵魂深处的关键词。在文字的阅读与寻找中，我被这座城市厚重的历史、文化所折服，它走进了我的心田，我成了它的信徒。但是，纸上得来终觉浅，绝知此事要躬行。我暗自决定，一定要去襄阳看看。人就是这么奇怪，因为一个愿望未能实现，心中就难免生出一种迫切的冲动，即使知道始终要去的，可总在心灵的角落留一个空隙装着那个地方，时常在半睡半醒之时就开始驰骋，根据书中文字的描摹、叙述，主观地想象出她的样子，复原那些古代场景。

品读过襄阳，便爱上文字里的这座城，无关风月。我只想告诉襄阳：“你欠我一个深情的拥抱，或者说，我欠你一次虔诚的瞻仰。”

二

2012 年炎夏，我慕名到襄阳，心愿终于了结。临行前夜，心情异常激动，夜深难眠，于是通过百度卫星地图，提前一睹襄阳的地形全貌。只见襄城城区三面环水，一面依山，汉江穿襄城和樊城而过，绕襄城城区而形成一个倒向东北面的“几”字形，西南面的岘山、青山、真武山紧密相连，一字排开，将“几”字封口，稍远还有虎头山、尖山、扁山、万山为屏。襄阳古城北临汉江，东、西、南三面人工开凿的护城河清晰可见。俯瞰整个襄阳古城，凭诸山之峻，据汉江之险，拥堑壕之渊，真有形如铁桶般的感觉。我感叹襄阳地形构造的奇伟。入睡前，我在电脑里敲打出这段文字：襄阳，千年古郡，荆楚名城，雄踞中华腹地，扼守汉水中游，地处南北要塞，素为兵家必争之地，自古有“铁打的襄阳”的盛誉。

面对襄阳古城，我不得不赞叹它雄风犹存，令人折服。滔滔汉江碧波万顷，宽阔的护城河横亘眼前，雄伟的城垣岿然屹立，可谓汲山水之灵气，取城郭之精粹。山为屏，墙为障，水为堑。山、水、城相得益彰，真乃金城汤池，易守难攻。但在我看来，就地形水势而言，襄阳城之固除山与城的作用之外，更重要的当是得水之利。俗话说，隔山容易隔水难。襄阳护城河之宽俨然一个大湖泊，又有稳定的水源和上下游两道闸门保证其合适的池深，对于古代主要依靠步兵、骑兵攻城的时代，水是一道难以逾越的鸿沟。襄阳人对水的巧妙利用，让襄阳城成为一座真正意义上的坚城。蒙古铁骑横扫亚欧大陆，但前期面对襄阳的护城河却是望尘莫及，束手无策。因柔水之辅，而池险城固，御敌千军，屈人之兵。因此，与其说“铁打的襄阳”倒不如说“水造的堡垒”，襄阳城堪称以柔克刚、阴阳调和的典范之作，彰显它别具一格的姿态。世界上得如此水利的城池屈指可数，真不愧为“华夏第一城池”。

穿过临汉门，步入内城，来到北街，一股古风迎面扑来，脚踏光滑锃亮的青色石板悠然前行，街道两边古建筑赫然醒目，风格各异的石牌坊跨街而立，老字号店铺沿街铺陈。虽然城墙上的鼓角已不存在，但凹凸的垛堞、斑驳的墙体、锈迹斑斑的古炮台、身着盔甲的石雕士兵向我诉说着一个个悲壮惨烈的故事，带我走进历史的深处。我想到一连串的名字，朱序、韩夫人、岳飞、孟珙、张顺、张贵……当然，还有襄阳历代无数为国赴难的无名将士、百姓，他们都为“铁打的襄阳”注入过铁水，他们共同支撑起“襄阳坚守”的信念。于是，我明白“铁打的襄阳”不仅仅是因为自然地貌、城池构筑的牢不可破，还因为在经历过的两百余次战争中，襄阳人所表现出的坚不可摧的顽强意志。“铁打的襄阳”也是实实在在靠血肉之躯“打”出来的名气。

三

襄阳人不仅在古代战争中表现得坚强勇猛，而且在城市的发展过程中也逐步呈现出大气包容的特性。

古称襄阳“南船北马，七省通衢”，这种地理上四通八达的枢纽位置，让襄阳吸纳了不同地域的人文因子，并充分融合形成了独特的风格。在襄阳，我的确感受到“不南不北，既南又北”的味道。从南北主食上看，基本上是南米北面，但襄阳人既爱吃馒头、面条，又爱吃大米饭、甜食。襄阳满大街都是面馆，早上，牛肉面或牛杂面是襄阳人的最爱。最正宗的牛肉面当数教门街的，十元一碗，其他的豆腐面、炸酱面、热干面也就三元到四元一碗。

襄阳有得天独厚的地理位置及气候，这里是宜居养家的好地方，所以，襄阳自古就是一个全国性移民的主要区域，可以说襄阳就是一座移民城市。襄阳人也就是在历代接纳四方移民的过程中，逐渐形成了大气包容的胸襟。襄阳从五帝时代开始到清朝一直都延续着南北民族、文化的交流、融合、发展。其间，主要是战乱引起的移民，也有官府的行政性移民，还有康雍乾盛世带来的各地商贾。

来到襄樊二中，一座琉璃瓦点缀略显古朴的建筑跃然眼前，龙凤图案的彩壁在大门前左右分列呈“八”字形，稍稍留存当年的富贵之气。它就是曾经风云际会、夜夜笙歌的山陕会馆，如今虽已繁华尽褪，空留楼院，唯有门前两尊灰白的雌雄石狮伫立相望，诉说着襄阳曾经商业繁荣的景象，也见证了襄阳移民的广泛。据统计，从明清到民国初年，襄阳建立了山陕、河南、江苏、浙江、徽州、抚州等来自全国的二十一座会馆，现仅存五座，除山陕会馆保存最为完整以外，其余四座因年久失修，已濒临倒塌。这些外来移民为襄阳带来了多元的价值理念、生活方式，并在这里找到了立足之地，与本地原住民相融合，逐步形成了襄阳独特的包容兼蓄的气质。

四

如果说襄阳自古多战事，深陷战争旋涡磨炼了襄阳人坚韧的品性，那么，襄阳的包容兼蓄的特性便促成了襄阳人的超群智慧，让襄阳成为全国首屈一指的智慧之城。

最典型的是东汉末年，国家政权处于风雨飘摇之际，豪强并起，北方战乱，人民惨遭涂炭。为了躲避战争，北方大量文人、学子，诸如庞士元、司马德操、徐元直、崔州平、孟公威等，云集到大兴文教的襄阳，使襄阳一度成为全国人才洼地、学术高地，堪称文化学术中心。诸葛亮随叔父诸葛玄来到襄阳隆中，他广交师友，博采众长，与这些士人和谐相处，相互切磋，同时结交当地名门望族，扩大影响，建立良好的社会基础。可以说，是这个特殊的时代，是襄阳大气包容的气质和文化品格，涵养了千年智圣诸葛亮的胸怀和眼界，铸就了中国历史上一个不朽的传奇人物。诸葛亮本身也体现了包容兼蓄、高深广博的智慧。他融合了儒、法、道、墨、黄老、兵等多家学问为一身，成为真正有智慧的俊杰，被后世誉为华夏民族智慧的化身、中国人民智慧的象征。

到过襄阳的人可能都会有一个共同的感受，寻访诸葛孔明的足迹会成为不可或缺的内容，之后的记忆中，“襄阳诸葛孔明”几字也永远无法抹去。来到襄阳，我立刻被诸葛文化所浸染。有所中学的校名直接以“诸葛亮”命名。大街随处可见宣传诸葛亮文化旅游节的巨幅海报，遗憾没能亲临诸葛亮文化节，不过，后来在网上偶然听到《襄阳印象》一歌，词美曲婉，着实有襄阳古朴的韵味。襄阳之旅，让我平生第一次见到为了一个古代人物而修建如此浩大的工程——诸葛亮广场。诸葛亮广场位于樊城长虹北路与七里河交叉口，占地一百零六公顷。宽阔的广场上，诸葛亮的紫铜雕塑赫然耸立。只见他昂首挺胸，目光深邃，右手执扇，尽显英姿，艳阳之下，散发着智慧的灵光。

走进隆中，山峦叠翠，溪水潺湲，除了古“隆中十景”，还有新中国成立后新建的隆中书院、观星台、琴台等景点，幽静高雅的氛围让人的心灵顿时沉静下来，似乎超然世外，沉醉于它的山和水。每每想起罗贯中的描述，“山不高而秀雅；水不深而澄清；地不广而平坦；林不大而茂盛；猿鹤相亲，松篁交翠”，莫不为他的精妙贴切之笔而钦佩、叹服。此情此景，“智者摇篮”之意也就分外明了。

当然，诸葛孔明是襄阳智慧之城的代表，但并非局限于他一己之身，还有德才兼修、文武双全的羊祜的政治军事智慧，庞德公的隐逸智慧，宋玉、孟浩然的文学智慧，米芾的书法艺术智慧，释道安的佛学智慧，卞和的相玉智慧，韩夫人的军事智慧，襄阳古城构筑的智慧，习家池的园林智慧，等等。襄阳历史上共诞生了刘玄、刘秀两位皇帝，伍子胥、韦睿、孟珙等名将，可谓钟灵毓秀，人才辈出。这些无不透露出襄阳人耀眼的智慧光芒。当今的襄阳，秉承几千年先贤的优良传统，广开进贤之路，招纳天下英才，必将打造出新时代的智慧之城。

五

襄阳让我感动，许多城市因为经济的发展，忽略了对历史印迹的保护，破坏与毁灭屡见不鲜，令人痛心疾首。然而，襄阳是重视山水、人文、古迹保护的。古城被保存得竟然如此完好，依然显露着它应有的古朴、庄重、典雅的风韵，显露出坚挺硬朗但不野蛮粗鄙的气质。汉江清澈明净，没有垃圾漂浮，可以下水游泳，据说是达到饮用标准的。诸多古迹正在修复，重建。襄阳提出了“产业襄阳、都市襄阳、文化襄阳、绿色襄阳”的新目标、新定位、新战略，力图构建历史与现代、自然与人文、工业与都市相互谐和的城市。襄阳在发展的同时，不忘全力寻找、挖掘、修复曾经失去的记忆，努力传承一座城市永恒的精神之脉，这是很值得钦佩的。

说实话，曾经的品读、短暂的游历，并没有让我把握住襄阳完整的脉搏，只有“坚韧、智慧、包容”几个字眼在我心里突显出来。当然，这几个词不能全方位囊括襄阳博大精深的历史人文和飞速前进的工业文明，也难怪有人说，一座襄阳城，半部中国史。

岁月更迭，襄江流逝，永恒的是襄阳的城市风骨。这些早已融入每个襄阳百姓的血液里，烙刻在襄阳人的骨骼里，挥之不去。对于襄阳那位深爱古风的网友，后来我并没有为她更换网名，我觉得“木槿”这名挺好，就像木槿花一样，静静挂在枝头，温柔地坚持自己独一无二的坚韧，让人沉迷、爱慕、向往。

濯水悠悠入梦来

庚子季夏，魂牵梦萦只为你，千年古镇——濯水。

我来濯水是日，正值暴雨临镇，洪峰过境。刚出高速收费站，远远就望见漫天黑云笼罩着古镇，压低到视平线，雨水刹那间倾泻而下，小镇瞬间被淹没在骤雨之中。雨似乎密不透风，像一条黑龙腾飞，划破长空，好像正吸纳吞吐着江水，喷向小镇，瘆得我陡生几许恐惧，赶紧溜到镇上，草草在镇南寻了个客栈，躲在房里做“白日梦”，梦里什么都有：阿蓬江上来往的商贾、古街此起彼伏的叫卖声、风雨廊桥的前世今生……

翌日，天放晴。凌晨五点多，窗外啁啾的雀儿们唤醒了我。我迫不及待地穿衣出门，街道两边的商铺都关门插锁，偶有晨练的老人，看上去一派闲适、恬静。我来到水师城门，暗黑的城砖与斑驳的青苔，似乎默默地诉说着久远和沧桑。穿过城门，即见阿蓬江由北向南奔涌而来，江水湍急而浑浊。蒲花河由西向东迂回而汇入阿蓬江。在阿蓬江和蒲花河上，一座廊桥横贯东西，宛如一条安然静卧的巨龙。靠近古镇中腹地带，一个长约三百米的柳叶形小岛将江水一分为二，形成了外江和内渠，内渠水流较缓，形成天然良港。濯水古镇，如睡眼惺忪的孩子，静静地依偎在阿蓬江和蒲花河的怀里。

直到早上七点多，商铺才陆续开门营业。早饭后，我从新修居民区的街道绕到小镇的最北端，由北向南开始畅游古镇老街。

雨后的古街，干净且清爽。小巷曲曲折折，贯穿整个古街，沿街两边一间挨一间的商号、钱庄、宅院错落有致，基本上是全木结构的土家吊脚楼、四合院、撮箕口，其间也明显有徽派建筑，青砖黛瓦、灰墙褚门，互相融合，相得益彰，浓浓的古韵在街巷里荡漾。万寿宫、禹王宫、万天宫三大会馆分别由江西、湖广、江浙商人所建。如此小镇，三大会馆齐聚，足见濯水古镇曾经的繁荣，同时也展现出土家族人广交八方商友、包容兼储的深厚内涵。

踏上一块块青石板，穿行一条条小巷，路过一间间木屋，还有一垛垛马头墙，我仿佛穿越时空，回到了唐宋，听南戏、昆腔和后河戏的碰撞，听商船启航的呼喊，听书生诵诗填词的吟唱……顺历史潮流，一路聆听浪漫的歌谣，回想那些凄美动人的故事。

在小镇古街，立有一碑，碑面楷书阴刻着“天理良心”四个大字，以此警示历代濯水人为官、为商、为人要敬畏天道法则，恪守善良本性。光顺号“光前裕后，立信开诚，百鼎精深欣济世”；汪家油号“雕梁画栋不铆不钉，喻众人不伪不斜不诈”“立于信，行于诚，任客来商往，通用一篇致富经”；信字号绸布庄“买尺放寸，少寸补尺”；余家药房“人命比天大，药价不是价，有钱拿钱买，无钱说句话”……我一家一家地研读着濯水人践行“天理良心”的明证，不禁肃然起敬。

我突然想到了早餐，满满一大碗牛肉米粉，仅十元钱，行走过那么多地方，景区价格竟然比我们县城还便宜，真是良心商家。虽时过境迁，但“天理良心”之精神早已融进濯水人的血脉里，世代传承，永不褪色。

古街尽头是白虎广场，一头白虎雄踞在广场正中央，张着血盆大口，怒目圆睁，回首凝望风雨廊桥，似乎要与廊桥这条巨龙一较高下。白虎，是黔江土家族的图腾，象征着土家族“崇力尚武”的精神。

广场南北边分别立着两座刻有镏金“濯水”字样的青石牌坊。千年来，曾经的唐音宋韵、巴雨楚风，全都氤氲在历史的烟云中，濯水古镇经历过多少毁损与重建，却始终坚毅不屈、傲然屹立在阿蓬江畔、蒲花河旁，新时代更加自强实干，焕发出崭新的风采。

濯水风雨廊桥在小镇的中段，东连白虎广场，西接蒲花暗河景区。全长六百五十八米，是当前世界上最长的风雨廊桥。根据不同的建造年代分为“濯河怀远”“唐钟长韵”“彩虹伏波”“蒲花飞龙”四段。它集亭、台、楼、阁于一身，造型优美，气势恢宏，不愧是“天下第一风雨廊桥”。

中午，廊桥若睡醒的蛟龙，在烈日下翘首探望，张着利爪，摇摆神尾，滔滔江水在它的威慑之下，也只得规规矩矩地悄然流去。廊桥处处飞檐凌空，若一群群雄鹰展翅欲飞，透射出壮阔的阳刚美。雕花窗格、镂空栏杆，精致入微，又呈现出细腻的柔和美。青色的瓦，褐色的柱、栏、窗，整座廊桥似水墨点染，不着一抹胭脂，不媚不俗，精美、典雅、古朴。

晚上，廊桥又变成了两条灯光璀璨的火龙，一条在空中，一条在江面，照亮了整个小镇，护佑着小镇。

走在廊桥弹性十足的木板上，格外惬意舒适。游客仿佛都被调慢了生物钟，信步闲庭，走走停停，看看拍拍，坐坐聊聊，哪怕是稍微急促的脚步都会破坏这样温文尔雅的静谧。

我静静地坐下，凝望江面，波光粼粼的江水跳起了爵士舞，清凉的江风爽肌涤骨。我在廊桥里，廊桥在我心里。

第三日，洪水已回落数尺，收敛了锐气，阿蓬江变得温顺起来。行走在河堤上，悠然自在。远处，几只白鹤在江面时而高飞盘旋，时而俯冲滑翔，时而蜻蜓点水。近处，芭茅岛的西南端，一只白鹤亭亭立于江边的岩石上，时而啄啄，时而捋捋，时而瞻瞻，真有一番“目追白鹤心许青云，烟雨怀人廊桥遗梦”的意蕴。我顿悟，濯水初称“白鹤坝”，竟源于此。

忆起芭茅岛酒店的几句广告词：

我们总梦想着去一个

人少景美的古镇水乡

累了就睡，醒了就起

与清晨的朝霞

和傍晚的夕阳做伴

游历何尝不是一场圆梦之行？或许，原本每个人心中都有一册山、一页水、一座城。它朝与君初相识，却道犹如故人归。而后，它由衷而温淡地自语：哦！原来你在这里。

烟雨天生三桥

第二次来武隆仙女镇，霏霏细雨把天空妆扮得烟雾迷蒙，天生三桥，胜若仙境，诱人沉醉！

天生三桥，我沉醉于它的山的磅礴和瑰奇。

武隆天生三桥的别具一格，主要在于它的山、坑、桥紧密相连，共生共存。山环抱着坑，坑依偎着山，山孕育了桥，桥支撑着山。天龙桥、青龙桥、黑龙桥由西向东平行排列，南北横跨于羊水河之上，天龙天坑、神鹰天坑分列三桥之间，所以，有“三桥夹两坑”的说法。

晴日里的三桥气势恢宏、雄伟壮观，而沐浴在烟雾缭绕中的三桥显得缥缥缈缈、影影绰绰，既有高山峡江的峻拔与雄浑，又平添了几分烟雨江南的温婉与柔和。这里的山有灵，大气不孤傲，秀丽不媚俗。我问候，它应答；我欣笑，它奉陪；我凝思，它静默。不知不觉，我便沦陷了。

天龙桥像一座平板桥，崖壁黛青，或黑灰相间，如刀削斧劈，几乎寸草不生。桥下冲刷形成左右两个桥洞，左桥洞壁上有一尊浑然天成的巨大石像，俯首卷鼻，微笑迎宾，鬼斧神工般惟妙惟肖、栩栩如生。青龙桥形似单拱桥，乃三桥之中最高大者，岩石上依稀可见一些灌木点缀。桥洞非常奇特，拱孔高，崖壁峭，呈弧形递次展现溶蚀坍塌的踪迹。远望，极似关公的青龙偃月刀，倒映在羊水河里，蔚为壮观。桥身旁边的山顶之上，一座山岩突兀地伸向坑内，宛若一只神鹰雄踞山巅，凝目俯视，守护着青龙桥，“神鹰天坑”即由此而来。走近黑龙桥，已满眼是绿，流连之际，回首一望，一只庞大的黑猩猩从山崖里探出头来，双目瞪圆，龇牙咧嘴，我顿生几分敬畏。置身于如此道骨卓卓、仙韵渺渺的境界，岂能不令人遐思？岂能不令人沉醉？

天生三桥，我沉醉于它的瀑的奇幻和柔美。

羊水河静静地流淌。水绕山行，曲折轻缓，路引水出，迂回跌宕。许多风格迥异的泉瀑。如珍珠泉、雾泉、一线泉、三迭泉等等，沿途挂壁而生，如同魔术师陡然变出的一样，让人莫名不知其来处。有的水从天上来，似银河漫堤，贴着断崖直泻而下，如一屏银色的宽幕从天而降；有的似能工巧匠特意凿出的泉眼，水从绝壁当中直愣愣地喷涌而出，如舞者般把那细腰弯成一道虹，一直弯进小潭；有的从崖壁缝隙中潺潺涓涓地淌出，由一束白练逐渐剪裁成几绺细窄的飘带。

最让我迷醉的是雾泉。远看，一条长长的“水袖”从两百米左右高的崖壁间抛洒而下，朦朦胧胧，薄如绢纱，柔如丝线，轻如绒毛，白如乳霜，声如蚕食。白瀑从上至下逐渐淡化，最后竟在半空中完全隐遁了颜色和形状，不知所终，像是一条领带系在绝壁上，悬空下坠，又像是袅袅上升的烟，又像是飘飘下沉的雾，真是神龙见首不见尾。再近些，那白瀑若吐出的烟圈，层层叠叠，一圈接着一圈地推展开。透过水雾，背后的岩石清晰可见，雾泉就宛如一位纯洁的少女，戴着白色的围脖，扭扭捏捏地踱向羊水河。来到泉下，抬头仰面，细腻的水汽密密匝匝地拂面而来，盛似酷暑里的蒲扇轻摇慢晃出的风，柔软清凉，沁心润肺。脸颊渐渐生出晶莹的珠儿，衣襟渐渐被濡湿，我惊呼：我拥着她了！我吻着她了！

天生三桥，我沉醉于它的人文的源远和旷古。

在幽谷深涧底部，一条古驿道绵延悠长，横贯三桥两坑。位于天龙天坑驿道旁，一座古老的驿站笼罩在雾霭之中。右前方，一幅写着“天福官驿”四字的旌幡高挂，左前方，拴马桩留下系马缰绳的道道印痕。它们默默诉说着驿站的沧桑风云。走进木结构的四合院，青石路阶，黛瓦灰墙，立柱飞檐，古色古香。因久未修葺，瓦与墙早已斑驳，绿苔丛生，野藤葳蕤，藤条顺檐悬垂，似帘似链，漫步其间，犹如风霜历历，愈觉遒古，愈觉厚重。

据考证，该官驿始建于唐武德二年（公元619年），地处要津，北达长安，南通川贵云，后毁于兵燹，现为仿建。

我多么希望骑上高大矫健的骏马，沿着蜿蜒的古道，循着明清的声声马蹄，穿越宋元的崇山峻岭，奔向盛唐的悠远呼唤。

天生三桥，烟雨山水。我触碰了它的魂，它俘获了我的心。

深秋，我路过你花开

深秋，清晨。雨滴萧萧疏疏，江风丝丝薄凉，残叶零落成轻愁，酥软了季节的心情。

适逢，我路过你花开，在一个叫“清风”的广场，不早不晚，刚刚好。

这座主题花园小巧玲珑，精巧别致。一条步道如彩练弯弯曲曲，将整个小园分隔成五大块。在四周花卉簇拥之间，一座仿青石拱门石雕赫然兀立，左侧石头上镌刻着红色的大字“云阳”。石雕旁边一股清澈的涓涓细流潺潺而下，形成微型瀑布。瀑下是个新月形小池，池中潋滟潋滟，锦鲤畅游，几个紫色的睡莲花苞正娇羞待放。三面马头墙参差层叠，高高直立在小园的中间，墙面书有“山水之城，美丽之地”主题词。

这并非一场规模宏大的盛宴，而是一次不期而遇的“小酌”。大景豪迈，怡情；小景雅致，怡心。不拘一格，陶冶性情，不是很好吗？

瞧！那些花，一朵朵，一簇簇，一丛丛，或浓妆艳抹，或素淡清新。淡绿色的马蹄草，黄绿色的佛甲草；乳白色的白雪木，雪白色的白鹤芋；深紫色的鼠尾草，淡紫色的紫苑；暗红色的四季海棠，深红色的花烛，朱红色的一串红；橙黄色、金黄色的万寿菊、五彩苏，还有些道不出名来。最吸引眼球的当数紫红色的仙客来。绿白相间的叶，巴掌大小，紫红的茎从挨挨挤挤的叶间伸出，托着花冠。花瓣粉嫩欲滴，极像小姑娘羞红的脸，一瓣瓣向上直立外翻，宛如一双双竖着的兔耳朵，甚是惹人喜爱。诸多花草有序分布，浓淡搭配，造型简洁，相得益彰，把整个小园装扮得色彩缤纷、娇艳妩媚。

在人潮涌动的嘈杂声中，我静静地伫立，聆听花开的声音。

听！那些花，一声声，一阵阵，一串串，或窃窃私语，或高声呼叫。“妈妈，妈妈，这是什么花呀？好漂亮！”一个小女孩指着橙红色的水塔花问。我听到水塔花轻柔开放的声音。“这里好，快，快，快，给我拍几张。”一个甜蜜洋溢的妇女在玫瑰花前呼喊着。我听到玫瑰兴奋怒放的声音。“大哥，帮我们拍个合照，行吗？谢谢你！”一家三口拥在紫红色的蔓马缨丹前合影。我听到了温暖又幸福的花开之声。我似乎还听到了古代花开的声音，“花开不并百花丛，独立疏篱趣未穷”“岸柳染绿清溪水，荷香沁沏金色秋”……

恍惚之间，我莫名生出惊愕，莫不是时光倒流，让我把姹紫嫣红的春天重新来过？莫不是昨夜一宿辗转伏枕的心事，绽放成这满眼繁花？顿时，我若有所悟，只要心中有花，春天无处不在。

目睹花草掩映中半露的一叶扁舟，我多想，撑起它，摇橹摆舵，钻出菖蒲丛，穿越芦苇荡，泛一池秋波，向你花开的方向漫溯。

蓦然，我又有些惶恐，秋凉过后的严冬，你是否行将凋落？我又怎能将你挽留？我只是不经意，从你花开的时节路过。

三峡阳菊，岭上盛开的幸福花

三峡阳菊是太阳的女儿，是菊花家族里最开朗、最快乐的公主。它心灵的天空永远艳阳高照。它有一颗温暖的心。虽然秋凉了，但它也不觉得冷，依然怒放，把满腔热情泼洒在革新村的坡坡岭岭。

三峡阳菊，发端于云阳红狮镇，三峡阳菊生态园现落户于盘龙街道革新村，辐射全县二十多个乡镇，四十多个行政村。产品先后获得中国、欧盟、美国有机食品认证，远销欧美日韩等多个国家。

是谁缔造了优质的三峡阳菊？是三峡库区得天独厚的高山气候，是云阳一位青春阳光的企业家——杨雪梅。我非常敬佩地称她杨总。

在芸山农业开发有限公司的发展历程记事牌上，我见到了令人疑惑又惊愕的一幕。从 2008 年至 2015 年，深褐色的记事牌上，除了年号之外空空荡荡，并无一字。后据杨总介绍，方解除心中疑惑。原来，为了选育优质品种，杨总带领团队经历了八年的艰辛培育，最终才有三峡阳菊这个品种的诞生。八年的蛰伏，这期间经历了多少彷徨或失败的煎熬，我不得而知，但从杨总坚定而大气、爽朗而从容的笑颜里，我感触到一个八〇后企业家钢铁般硬朗的脊梁，真乃巾帼不让须眉。

平生第一次徜徉在七百多亩的菊花种植园，内心不免涌起无限惊叹。一眼望去，遍野的阳菊恣意地盛开，一片片的，亮堂堂的，成为那一座山的高光。整个山坡仿佛系上了一条巨大的青花围裙，白黛相间，有机相融，素洁而淡雅。

漫步园区小径，密密匝匝的菊花花蕾挨挨挤挤，有些刚刚抽蕾，有些苞胀欲裂，有些初露芳容，有些则开成伞盖。花农们总结了独到的管理方法，“三分四平头，五月水淋头，六月甩料头，七八捂墩头，九月滚绣球”。只要依此科学管理，单株阳菊即可结蕾四百多颗。

那种完全没开的花骨朵儿被采摘下来，经过精心蒸制、烘焙，制成的菊花茶叫菊米。那些初绽的花蕾，宛若一只只即将破壳的雏鸟，轻巧地啄开晨雾弥漫的壳，掀开绿色的“被褥”，露出浅浅的、淡淡的黄喙，杂尘未染，清新脱俗。我想，这应该叫胎菊吧。它可是品质上乘的菊花茶原料。

一定是风给的力量，那些摇摆舞动的朵菊，抖动白色裙摆，呈圆形抛开，一瓣、两瓣、三瓣……锯齿般地有序地列队，好似一个个叠加的齿轮。不，那不是花瓣，那是阳菊探出的舌头，好奇地舔尝秋色里别样的风味。阳菊花冠娇小，洁净得无瑕，黄的仅洇出一层薄晕。既无瑶台玉凤的雍容华贵，也无朱砂红霜的娇艳妩媚，更无古龙须的翩飘仙逸。乍一看，与山涧或路边的野菊并无异样。

是啊，三峡阳菊就是如凡桃俗李般普普通通。只要有一层薄薄的土，只要有一滴天空不小心漏洒的雨滴，也会立刻欣喜地张开嘴，笑成一朵朵的白，笑成一朵朵的黄。可是，它开得那么自然，开得那么有尊严，开出了花农们脱贫致富的希望。

来到这菊的王国，务必品尝一杯半盏菊花茶，才不枉此行。当热腾腾的水冲进玻璃杯，花茶渐渐润开，汤色黄亮、净透，幽香沁人。抿上一口，瞬间唤醒沉睡中的嗅觉、味觉，那甘甜、醇正、浓郁的菊香顺着舌尖滑入食道，浸润全身，令人神怡气清，心灵立刻沉淀下一份娴静与朗洁。

“阳菊醇阳菊香，一年四季泡菊汤。阳菊鲜阳菊艳，药食两用天天见。”这是花农自编的打油诗，却道出了芸山人诚挚的祝福，“愿饮者得健康”。因此，我不仅品出甘醇浓郁的茶香，更品出了一种质朴向善的纯美。菊花茶性寒，我却在这股远离世俗的清流里，体悟到浓浓的、暖心的温润。

如今，即使寒秋，居温室庙堂的繁花之盛丝毫不逊于春夏。然而，甘居于荒野，诚献于庶民的逆行者却是凤毛麟角。我对于阳菊的倾情，并非因为“此花开尽更无花”的凌寒孤绝，而是因为它默默献身于阡陌田园，扶贫民于东篱，让花农通过自己的劳动走上脱贫致富的道路，而不是接受嗟来之食。这不正是杨总所追求的“让耕者有尊严”吗？如此质朴的人文关怀，着实令我深深感动。

雨后初霁，遥望峡江深处的革新村。我心中似乎盛开了千万朵阳菊。它们身着绿萝裙，撑一把白纸伞，凌风亭亭，摇曳生姿。岭上传来花农的吟唱：“如今盼得哟幸福来，岭上开遍哟阳菊花……”

两江假日酒店随想

从陌生到熟悉，从疏远到亲切，从肤浅到深刻，仅一步之遥，迈过这一步，即可叩开封印的门扉，登堂入室，领略到一个陌生世界的别有洞天。

——题记

夏夜，站在阳凤山庄，鸟瞰新城，华灯璀璨。环湖公园围绕着新城，连绵蜿蜒，宛若新城裙子上绣着的花边，两排仿古建筑群像点缀在花边上的坠饰，分外惹人注目。这两排仿古建筑群就是两江假日丽呈华廷酒店，三峡库区首家五星级酒店，在这个小县城颇具名气。它离我家并不远，我也曾去用过几次餐，却从未深入了解过它。因为一个朋友的引荐，也怀着几分好奇，我才慢慢走近它。

20世纪末，在三峡工程移民浪潮的助推下，云阳旧县城，这座曾经的蜀东明珠，迁移至上游三十公里处。昔日的荒村野岭旧貌换新颜，鳞次栉比的高楼如雨后之笋拔地林立，各类商场店铺紧锣密鼓地开张，一座焕发青春活力的生态移民新城迅速崛起。城在景中，景在城里，城景交融，怡人宜居。新城以其独特的魅力吸引着国内外游客，两江假日酒店在旅游大发展的背景下应运而生。

酒店位于县城中东部，长江北岸，磐石城下，据崖垒基，临江而立，与张飞庙隔江相望，长江浩浩汤汤，从酒店背后向东而去。酒店主体为两排三层仿木质结构建筑，东西纵向平行而列，中有廊道相连。酒店以三国文化为主题，融入张飞庙的建筑色彩及形式，其中还穿插了云纹和水的元素，外观豪华大气，琼楼金阙，浑然天成，内饰古韵清逸，精而不繁，雅而不腻。这既彰显汉唐富丽堂皇之遗风，又不失现代简约质朴之气度，可谓卓尔不凡，给人以尊贵而优雅的体验。

酒店北面大门处在移民大道的枢纽之地，白天是车水马龙，川流不息，夜晚又是灯红酒绿，喧嚣中尽显小城的热闹与繁华。而酒店南面的后花园则是另外一番景象，白日可见滔滔江流，舟行碧波，每到夜幕降临，一切就沉沉睡去，这里仿佛成了一个世外桃源。我不曾料想，同一家酒店竟然把两种格格不入的气氛通过时间与空间的位移，融合得天衣无缝、妥妥帖帖。这一点令我感到十分的诧异。

来到酒店北面，抬眼即见一尊巨大雕塑赫然矗立在前景花园中间。雕塑基座上一匹骏马扬蹄欲驰，张飞手执丈八蛇矛跨骑于马上，络腮胡子伸向四方，若炸开的钢针，威猛的形象活脱脱地跃然眼前。《三国演义》中如此描写张飞：“身长八尺，豹头环眼，燕颔虎须，声若巨雷，势如奔马。”此雕塑惟妙惟肖，与其描述毫无二致。

张飞这位蜀国大将，妇孺皆知，大家对桃园结义、长坂坡退敌等故事也是耳熟能详。对于张飞的功过褒贬，历史学家应该有相对客观的考究与评价。他勇猛无敌、忠义直爽，从“怒鞭督邮”“义释严颜”这些故事即可窥见。但他个性粗犷，对下属甚至有些粗暴也是不可回避的事实。他的生命也是因鞭打下属范强和张达而终结。然而，瑕不掩瑜，他性格上的缺陷早已随滚滚长江水湮灭在历史风尘，百姓只记得他的勇猛、忠义，他是百姓心中名副其实的英雄，民间甚至称他为“张王菩萨”，四方香客络绎不绝，虔诚跪求他的庇佑。这一点，从历代张飞庙鼎盛的香火便可得知。而且，从云阳人耿直不阿、高义薄云的性格，也足以看出张将军对乡土人文的潜在影响。

酒店从建筑到装饰尽显三国文化的特色，色调古朴明朗、自然谐和，既有力支撑了自身的文化骨架，又实现了对历史人文的推广传播。巧合的是，酒店与张飞庙隔江相守，一个庄严地昂首，一个深邃地回眸，仿佛历史与现实深情款款地对话。我清楚地记得，酒店开业时就叫“张飞大酒店”，后来不知因何更名。当然，叫什么名字已不重要，因为它的骨架依然坚挺，深深地铭刻着忠和义。

酒店南面巨崖之下即是下岩寺洞穴的原址所在，洞穴里的摩崖造像因三峡工程竣工蓄水而全然没于水下。早年，我曾几次前往下岩寺。洞内玄幽凉爽，洞外树繁藤盘，洞顶瀑泻飞檐，着实壮观。下岩寺规模并不宏大，然而其与世隔绝的位置，加上超凡不俗的景致，引得诸多文人学士前来观瞻。王维、黄庭坚、陆游等文学大家都曾到此留墨抒怀。其中，我觉得最妙的当数陆游诗《万州放船过下岩小留》：“画船四月满旗风，饮散匆匆鹢首东。醉里偏怜江水绿，意中已想荔枝红。断碑零落莓苔遍，幽涧淙潺略彴通。一定宁无好东绢，凭谁画此碧玲珑？”特别是最后两行，诗人将下岩寺的小巧玲珑的神韵及自己的偏爱之情倾吐得酣畅淋漓。

如今，古寺早已迁建，曾经的香火缭绕、梵音清韵已不复存在，但寺院敬天向善的禅意却深深镌刻进了石崖，融进了这里的一草一木。来到酒店，回首过往，亦可享受一份超拔俗世的隐逸情愫。

夜访两江假日，漫步后花园，别是一番况味。站在这静谧的夜里，站在这耸立的崖上，站在这微风轻鼾的江边，那颗被现实嘈杂捣碎的心变得异常宁静，这里的夜足可以把外界一切聒噪烦乱的声音吸纳，足可以让我们缭戾迷离的双眼回归澄明，足可以让我们焦灼膨胀的心绪沉淀。偶尔听听微浪轻拍崖岸的鸣奏，若小姑娘怡然地呢喃；偶尔听听江风柔抚棕榈叶的弹唱，似小虫穿梭在密匝的荒草丛；偶尔看看远处江心灯影幢幢，仿佛是一群小精灵在水中游荡。我真切地感受到生命的脉搏在张弛或收缩，仿佛是在抽剥一根绵长的蚕丝，心无旁骛，柔顺丝滑。此刻，适合放一首曲，闭目聆听，或是沏一壶茶，啜饮细品，甚至索性呆呆地静立凝望，不思，不虑，不想，不念。让空气自由地凝固，把时间也摁下暂停键。心中那一弯新月娴雅淡定，任由它圆或不圆，毕竟，此事古难全。还是僻静一点好，还是简单一点好，目之所及，皆是心之所向。这一刻，我才是我自己。

一个旅人历经舟车劳顿的颠沛，历经风尘仆仆的奔波，不仅需要短暂休憩的寓所来熨帖疲惫倦怠之身，更需要栖息精神的家园来慰藉漂泊客居之心。从仅供食宿落脚的客栈到宾至如归的酒店的蜕变，关键也在于此吧。因而，除物质条件的舒适和与时俱进之外，内在精神层面的抚慰更是举足轻重。

说到这儿，我不由得想起十分崇拜的余秋雨老师。他在游历寻访中华重要文明之地的旅途中创作了《文化苦旅》，他纵横四万公里，穿行亚非欧写下了《千年一叹》，一路上无不充斥着艰辛，甚至是生命危险。这些浸透着余老师心血的作品，基本上是在旅途中边行走边创作才完成的，有的在车上颠簸中赶记，有的蹲在路边撰写，能在酒店里完成一篇稿子应该就是莫大的幸福了。文人墨客总爱把生命交给旅途，许多灵感就产生在酒店的床上，或案几边，或窗前。一杯茶，一支烟，一杆笔，一部伟大的作品就此诞生。毛姆，因患疟疾被迫住进曼谷文华东方酒店，他回味一路长途跋涉的经历，小说《面纱》成型。威尼斯丹尼利酒店，作家聚集的圣地，巴尔扎克、司汤达、狄更斯等世界级文学大家钟爱的地方。川端康成，他住在一家名不见经传的柊家旅馆，孜孜阅读，潜心创作，他说，这里“好似回家”。我可以想象他们伏案创作的艰辛，一家贴心的酒店能不能暂时安放一个行者的心灵，在这一刻显得多么重要。

是的，酒店作为纽带，历来都是作家们旅途创作的驿站。酒店里不仅有酒香充盈，更有书香四溢。商业气息的弥漫之地一样可以开出灿烂夺目的文学之花。其实，商业与文化本是孪生兄弟，文商互融，互生共存。商业是船，文化是风，顺着风的船才能行驶到成功的彼岸，推着船的风也可吹向更广阔的四海。在商业与文化的路上，从来没有停歇，作家们在山川里行走，在格子里攀爬。背靠历史的坚实，面向时代的呼唤，酒店，准备好了吗？下一站，或许就住你家。

十年磨砺，宝剑乃成。2020 年 11 月 29 日，“第五届中国国际饭店业大会”在海口闭幕，云阳两江假日丽呈华廷酒店被授予“年度优秀品质酒店”称号，应该是实至名归吧。我确实从未住宿过，但有个细节却让我心生好感。

一次，几个朋友在两江假日酒店用餐，酒后微醺，我独自在大厅休闲区暂坐，一名前台服务员热情地询问：“先生，住店吗？”

“不，只是坐坐。”我淡淡地回了一句。

“有什么需要我帮忙的吗？”她依然微笑。

“我丢了，我是来寻找自己的。”借着酒兴，我有些胡言乱语。

服务员愣住了，有些蒙圈，她转身离去。我以为她是不耐烦地走开了。过了一会儿，她又款款地回来了，递给我一个纸杯，杯里热腾腾的水正冒着热气：“好吧，您请便。”

接过纸杯的那一刻，一股暖流从手心沿着手臂，一直传到心里。

见微而知著，我只是一个普通的过客，却享受着胜似贵宾的礼遇，着实令人怦然心动。这不就是最适宜的心灵寓所吗？

铭雨·三峡风

此文题，乍一看，极可能会让人不由自主地联想到某茶轩、画社或诗苑的大名。然而，殊不知它实乃一家酒店之名——云阳铭雨·三峡风大酒店。

这名字清新脱俗、婉丽隽雅，散发着浓郁的文艺气息，荡漾着诗一般的音律感，不禁令人思绪翩跹、情愫缱绻，似沐着轻轻柔柔的风，若浴着软软绵绵的雨，俨然一派三峡里的幽情逸韵，令人陡生“便引诗情到碧霄”的冲动。云积雨方至，峡高风乃生。铭刻于滴雨之上，镂空于峡风之间，又是何等精妙之手，何等细腻之心？

风生水起，铭雨镂风。美哉！妙哉！

三峡风大酒店坐落于云阳县新城腹地，地处商业繁华的黄金地段，毗邻县四大家办公大楼。主体建筑为两栋“L”形楼房，北为嘉宾楼，南为贵宾楼，两栋楼呈对角互望，合围形成中有天井的庭院式酒店。房顶为四角攒尖顶或庑殿顶，崭露出仿古亭台的意韵，房顶的琉璃瓦闪耀着中国红，格外明朗，格外抢眼，彰显酒店人赓续传统文化的特殊情怀和精神皈依。

与国际顶尖酒店相比，三峡风大酒店只能算小家碧玉。但是，在云阳这个小县城，它却是堪称一流的大酒店。它的大不是表面的排场，而是内在的气度。整个酒店外装稳重内敛，毫不张扬，内装尽显豪华精致，醇厚大气。

庭院深深，人流滚滚。从2001年创建至2021年，三峡风大酒店已走过二十载春秋。酒店以包容和开放的胸襟，诚接四海嘉宾，喜迎天下贵客。二十年，七千多个日夜的迎来送往，酒店接待了无以计数的宾客。政要巨贾曾在这里商讨重大决策；文人墨客曾在这里抒怀泼墨；贩夫走卒曾在这里思虑生计。无论是什么身份，他们来到酒店，都有一个共同的名称——顾客，都是暂歇的行旅之人。酒店对每位顾客都一视同仁，兼爱共施，给予顾客“上帝”般的尊严，给予顾客亲人般的温馨。行者虽无疆，大道亦无垠，天高海阔，任凭遨游。可是，行走在路上的心灵难免孤单，难免落寞。酒店就是行者临时休憩的港湾，既可聊以慰藉漂泊的心灵，又可暂且宽抚离别的伤感。

说实话，我对酒店的发展史了解非常肤浅，只是略知“酒店”一词源于法语，它的历史可追溯到千年以前。我国古代虽无酒店之称，但是，早在秦汉时期，就出现了类似酒店的“亭”“驿”“客舍”等。历经几千年的发展，其称呼甚为繁多。比酒店稍早些的名称是客栈，这名字不错，透着朴拙的古意。我似乎看到客栈的窗前，寒门士子的茕茕身影，青灯黄卷伴长夜，勤学苦读求功名；我似乎看到客栈的厅堂里，歌舞伎者操琴弄弦，轻歌曼舞；我似乎看到月黑风高的夜晚，侠客武士演绎血雨腥风的江湖豪情……然而，我更喜欢古老的驿站，一个“驿”字，尽显辽远，令人浮想联翩。我仿佛看见铺卒腰系甘带，悬铃持枪，挟雨衣，携文书，快马加鞭，驰骋在尘土飞扬的驿道。我仿佛看见古圣先贤们骑着骏马，在哒哒的马蹄声里，沿着蜿蜒的古道，飘然而至。当然，这种演变并非只是更名换姓，更是服务功能的逐渐延伸。如今的酒店，早已远非昔日的旅馆或招待所，更迥异于古老的客栈或驿站，已经从仅供食宿拓展到娱乐、购物、消遣、健身等多个领域。三峡风大酒店就是这样一家集多功能于一体的综合性酒店。

回想十几年前，我在三峡风大酒店的一次夜宿，至今感念于心。

那是一个秋日雨夜，家中停电，又无蜡烛。屋内黑黢黢的，窗外也黑黢黢的，黑夜简直就是一只凶恶的怪兽，张开大口要把整个世界吞没。小儿极其恐惧黑暗，啼哭不止，无法入睡。只听窗外潇潇的雨肆意敲打着树叶，瑟瑟的风在空旷的街道横行无忌。如此雨夜，人变得敏感而脆弱，寂寥被催化，孤独感顿生，更添几分疏离的愁绪。

无奈之下，我只能携儿冒雨前往最近的三峡风大酒店。左手抱子，右手撑伞，尽量护着小儿。路虽不远，到酒店时，雨已然淋湿了我右半边的衣裤。

“开个房间。”儿子依旧啼哭，我十分着急。

服务员看着我：“308，给，房卡。”她一脸的疑惑。

“多少钱？”我抱着孩子，边问边扔下雨伞，准备伸手进挎包里去摸钱。

“房价 188 元，押金 300 元，您先去房间吧，别凉到了娃儿，待会儿我来房间取。”她依然注视着我半边湿漉漉的衣裤。

我带着几分惊愕和几分感激匆匆地找到房间，不久，服务员送来了收条，我付了钱，彼此没有多言，却充满信任。

临走，她又盯着我的湿衣裤说：“先生，房间里有吹风机。”我领会了她的意思。一种沦肌浃髓的温度，霎时烘干了我湿润的心。

那夜，我索性把房间里所有的灯都打开，房间如白昼般亮堂堂的，通宵达旦。紧贴着柔滑的被褥，聆听着孩子平稳的呼吸，我觉得踏实了许多。在这间陌生的房子里，儿子安然地酣睡了整整一夜，我也在温暖的被窝中，安享了一夜。

这样的服务员一生难再逢。从此，我记忆的行囊里便装着她的身影，装着那一夜的丝缕温暖。

只是萍水相逢，只是一夜之榻，只是我正好需要，而它正好存在。它为我们遮了一场雨，它为我们挡了一夜风，它为我们驱逐了黑暗。平凡与卓越之间并没有不可逾越的鸿沟，此岸与彼岸也只需架起一座心与心的桥梁。记得柔奴回答苏轼的一句话，“此心安处是吾乡”。这应该是宾至如归的最好诠释吧。

前年，经过全面装修升级，三峡风大酒店焕然一新。我再次步入酒店，瞬间被它深深地吸引。黑金大理石装点的门厅硬朗而庄重。进入大厅，抬眸即见镂空的金属影壁和木质锥形壁灯，灵动而有空间感，加上栅格装饰墙，古朴雅致，洋溢着浓浓的中国风。再往里，左侧为茶吧，右侧为书吧，两相呼应，相得益彰，更显温文儒雅。书吧沿墙壁顺势开放性呈现，架上陈列着文学、商业、历史等各类书籍，足足有四五千册。棕褐色的书架与柔和的灯光交汇，质朴朴的、暖融融的。生平首次见到酒店大厅建如此规模的书吧，我甚是惊喜，迫不及待地开始在书海里游弋。贾平凹在《暂坐》中启迪我们，“人生长长，何不暂坐再出发”。是的，人生长长，何必匆忙。在朝乾夕惕的工作之余，于车水马龙的纷嚣之中，停下脚步，放下俗务，寻一幽寂之处，把躁妄沉淀为一缕缕清爽的香茗，取一静谧之所，把浮华洗涤成一页页质朴的铅墨，畅享闹市中的一份悠闲、一份恬静，给平淡无味的生活撑起一片诗意的天空。这是一种心性的滋养，也是一种清冽的幸福。

也许有人认为，酒店只是钢筋和水泥毫无情义的堆垒，只是金钱与利益单调重复地叠加。但是，在我的心里，三峡风大酒店已不仅仅是赚钱的工具，它曾经是我躯体的驿站，现在更是我心灵的栖所，称之为现代街区里的精神家园，也丝毫不为过。在读余秋雨的《风雨天一阁》时，一位名为钱绣芸的清朝女子让我肃然起敬，她嗜书如命，为了获得登天一阁读书的资格，竟以婚姻作为筹码嫁入范家，但最终却因天一阁近乎严苛的管理制度而未能如愿。林清玄在《小千世界》里谈到一位蜚声中外的汉学家许芥昱先生，面对洪水淹没居所的危险，他本可以安全逃生，但为了抢救地下室的书籍资料毅然决然返回，最后客死美国加州。钱小姐和许先生的行为无不令我动容，为了心中钟爱的书籍，他们用幸福和生命作为代价，写下可歌可泣的一笔。三峡风大酒店提供如此幽雅的环境，提供如此丰富的书籍，其反哺社会、竭诚为民之真心灼灼可见。我们岂能辜负这番良苦用心？我忽然想起苏轼的诗，“无事此静坐，一日似两日”。我乐意常常来此一坐，来这思想的巢穴，来这生命的禅房，边啜饮边品读，定能增加生命的宽度和长度。

在三峡风大酒店的荣誉榜上，我见到了一条条罗列出来的辉煌业绩。这些都是酒店不断发展的坚实脚印，是酒店结出来的累累硕果。除了重量级的“四星级旅游饭店”外，多次被评为“放心消费创建示范单位”“劳动关系和谐企业”“治安先进单位”及“守法诚信企业”等奖项特别吸引我的眼球。这些荣誉直观地反映出顾客的信任度与企业的和谐氛围，也是酒店经营理念和服务宗旨的真实反馈。

汽笛声声，车轮辚辚。所有的凹凸不平都将碾平于时间的车辙之下，一切过往终将零落成泥。我能做的就是在记忆里贮存下值得回味、难得一遇的美好，唯此才不负红尘一遭。

去对了地方，遇对了人，风雨皆有情。铭雨·三峡风，我生命中芬芳的遇见。雨，是云阳的雨；风，是三峡的风。

残枝叶亦繁

一

2013 年，我被派到云阳县南溪镇长洪小学支教。由于文件来得较晚，开学后第四周我才到支教学校报到。再过一天就是春分，原学校的树木早就开始出新叶了。可是，报到第一天，一进支教学校的校门，眼前的场景便令我怔住了：操场边上一排榕树被整整齐齐地锯断所有树梢及细小枝条，没有一片叶子可寻，只有光秃秃的灰色的粗大枝干，如一柄柄利剑般刺向天空，也扎进我心里。

我疑惑不解，于是询问一位老师："为何这些榕树都被锯断了所有树梢及细小枝条，不留一片叶子？"他脸上溢出一副平淡而自然的表情，不假思索地告诉我："去年冬天，叶子全被霜打死了，后来索性就把树梢砍掉，顶端所有枝杈全被锯断，也只有这样才能保住这些树。"

经他这么一说，我似乎稍微明白了一些。可即使是那样，都快春分了，也应该发新叶了吧，怎么还是这光溜溜的模样呢？什么时候才能长出新叶？是不是这些树已经死了？我心里还是存留一些疑问。

二

来到长洪小学支教的第一节课，我并没有急切地进入教室，而是来到教室后门外，静静地站着，听着教室里“热闹非凡”的喧哗声，当然也听不清具体说些什么。大约过了两分钟，我才从后门走进教室，然后边退着走向讲台边四下扫视着每个孩子的表情，孩子们的喧闹声也从教室的最后一排开始一排排地逐渐消失，当我退到最前边的第一排时，教室里已鸦雀无声，显得异常安静，剩下的只有孩子们故作镇定的端坐姿势与满脸的好奇。

我站在讲台上，居高临下，一言不发地继续沉默着，注视着孩子们，部分同学此时已露出怯怯的神色。我的目光停留在教室倒数第二排左边第二列的座位。在一群黝黑脸蛋的中间，一个皮肤格外白皙的小男孩，清瘦的脸上颧骨突兀出来。当我与他的眼神交汇到一块时，他露出惊恐的神情，迅速低下头去。我心想，他一定是课前大声喧闹的同学，不然怎么会害怕呢？先入为主的想法让我不得不抓住瞬间捕捉到的信息。于是，我声色俱厉地对他说道：“请倒数第二排左边第二位同学站起来！”听到我发话了，他缓慢地、颤颤巍巍地从座位上站立起来，双手撑在课桌面的后边沿，可以很清楚地看到他的左手是用了力的。

“能告诉我你叫什么名字吗？”我问。他站着一声不吭。

于是我加重语气又问了一次："请问你叫什么名字？"他依然站在那儿，呆若木鸡，只字未吐。

"你刚才上课时是不是大声喧闹了？都说了些什么？只要你承认了，老师不怪你。"可是无论我怎样说，他像一块僵硬的石头默默不语。此时，我正死死地盯着他，只见他的额头已渗出密密的汗珠，也许是内心极大的恐惧让他本就白皙的脸变得惨白，嘴角时不时向侧方抽动，欲言却又不敢。

这样僵持下去也不行，我只能主动退出这场没有结果的对峙。于是，我无奈又气愤地说："坐下去，下课后你到语文组办公室来说清楚。"

下课后，我坐在办公室的椅子上等待着他的到来。我正想着，门被推开，他来了。可映入我眼帘的情景顿时让我倍感惊怵：他左手拄着一根银色的铝合金拐杖，蹒跚地移过来，依靠拐杖的支撑，他向左侧斜歪着身体站立在我面前，耷拉着脑袋，仍然一声不吭。我顿时傻了眼，一时不知说什么好，一种强烈的负罪感涌上心头。我心里暗暗揣测，这孩子到底经历了什么？上天为何这么无情？为何要夺走这么幼小的孩子的健康？沉默了一会儿，我实在不忍心看着他这么站着，装着若无其事地对他说："孩子，你去吧，这事我调查清楚了再说……"我目睹着他拄着拐杖，吃力地转过身，拖着直直的左腿，一瘸一拐地消失在我的眼前，可他的每一步似乎都在狠狠地揪扯着我的心。

后来，我从原任课老师那里了解到，他名叫周洪发，因为小时候打针不小心伤到神经，导致左下肢功能丧失，所以就成现在这样了。他性格内向，不与同学一起玩，上课从来都不讲话。当我知道了这一切，我为自己的武断而深感自责和愧疚，内心更充满了悔恨与不安。

三

那件事后，我特别关注这个不幸的孩子。

每当课间操的时候，总有一个拄着银色拐杖的孤独身影依靠在教室的窗台前，默默地看着操场上随音乐而舞动的同学们；每当体育课时，也总有一个拄着银色拐杖的孩子站在操场的角落里，孤零零地远远地观望操场上欢畅追逐的同学们。我能想象他内心莫大的失落与无奈，每当看到这些场景时，我就忍不住涌动一阵阵酸楚，一股股心疼，一缕缕爱怜，一种要为他做点什么的冲动油然而生。我决定尝试着走进他的心灵，帮助他寻找到一种能打开心结的途径，我期待着有一天阳光也能照进他灰暗的天空，温暖那个被霜冻的世界，我更期盼着他的生命之树也能健康成长，也能枝繁叶茂，也能活泼鲜亮。

一次课间操，其他孩子都到操场上去了，仅有他一个人独坐在空寂的教室里，呆呆地望着黑板，以至于我走到他的身后时，他都毫无觉察。

我在他旁边的位置坐下，与他拉起了家常："洪发，你家里都有些什么人？"

他低下头，两手的食指互相摆弄着，一言不发。

"爸爸、妈妈都在家吗？"我接着问。

他还是没说话，只是轻轻地摇了摇头。

"我们能做朋友吗？"我故意靠他再近些，俯下头，侧望着他，继续着试探地问。

他显得有点惊诧，又有些迟疑，还是没说一个字，只是点了点头。

从他的神情判断，我觉得他并不是那种不可融化的“坚冰”。于是我讲起了我自己的经历：“洪发，王老师也是从乡村走出来的孩子。我母亲去世得早，又经历过婚姻的不幸，可我还是活得非常阳光，千万不要把自己禁锢在黑暗的角落，要振作起来。”

他听了我的经历，沉重而忧郁的表情似乎显得松弛了些。

“不要以为你身体有些小毛病，就认为自己没有了前途。知道吗？因为你是上帝派到人间的天使，所以你就要承担比其他同学更多的磨难，但你也一定会获得比其他同学更多的幸福。”我把手搭在他的肩上，紧紧地将他揽在怀里，捏了捏他稚嫩的肩膀，“我们都是不幸的人，但我们都有各自神圣的使命，那就是把我们的坚韧带到人间，我们做朋友吧！我们一起努力，好吗？！”

当我说这番话的同时，我感觉到他的身板比先前挺直了些，他眼里充盈着满满的泪水，不！那不是泪水，是深埋地壳蓄势已久、即将要喷薄而出的炽烈熔岩。

他终于铿锵有力地迸出了一个字：“嗯！！！”

那声音虽然有些颤抖，但足以响彻整个空荡的教室。

四

在以后的几个月时间里，我尽可能与他接触，和他谈心，陪他玩耍，在课堂上，我给他更多的发言机会，给他更多的鼓励。无论有什么样的结果，我都心甘情愿，只要我真诚地去做了，也许心里就多了一份慰藉。可喜的是，洪发真的改变了。

课间孩子们游戏的场景里出现了他的身影。虽然他不能与同学们一起奔跑，但他的精神已经和同学们融合到了一起。站在一边看着同学们嬉戏、追逐，他也“咯咯”地笑着，笑得坦然，没有丝毫的掩饰，像一朵盛开的野百合，纯洁而充满生机。

放学的时候，我故意把他安排在队列的最前边。他没有了以前的拘束与羞涩，总是挺着胸脯，娴熟迅捷地挪动着他的拐杖，一点不比其他同学慢。特别是走阶梯的情景，那银色的金属拐杖在队列前不停地挥动，在阳光下熠熠生辉，宛如一根指挥棒，引导着全班同学整齐地走出校门。

河边沙滩上也多了一个活跃的身影。他时常与同学们一起垒筑沙雕，有城堡、高楼、宝塔，还有怪模怪样的人物、动物。他们一起用自己的方式构思并塑造着人生美丽而多彩的梦想。

支教人员在学期结束时必须要上一堂汇报课，我选择了《自己的花是让别人看的》这一课。这堂课的最后一个环节是八个小组分别推荐一个同学来分享一下生活、学习中难忘的事。前边六个小组的同学逐一完成了分享任务。快要到第七小组了，他早就高高地举着手，迫不及待地将眼神投向我，都要站起来了。我叫到他的名字：“来，洪发，你来说说。”

只见他左手有力地支撑着桌面，右手将写好的纸条拿起，面对同学们侃侃而谈：“王老师教我的短短几个月，让我树立了信心，让我不再孤僻消极，我收获了太多的快乐，我要与大家一起分享我的快乐。虽然，我是一个身有残疾的人，这无法逃避，但我必须去面对，所以我也希望同学们不要用异样的眼光看待我，请给我力量，陪我一起度过磨难，你们愿意吗？”

他话音刚落，全班同学齐刷刷地响起了掌声：“愿意！愿意！……”

此时此刻，我已泪眼模糊……

五

半年的支教生活转眼即逝，当我离开长洪小学时，已是七月初了，校园操场边的那一排榕树已长满鲜嫩的新叶。从树腰一直到截断的枝端，满满地爬着闪动的绿叶，一片挤着一片，密密层层，每一片嫩叶就是一个跃动的小生命，争先恐后地向上探着头。虽然缺少细小枝条，没有榕树应有的婆娑，但更显露出特有的坚毅与骨感美。远远望去，一段段枝干就像是粗大的绿色柱子，仿佛就是它们擎起了长洪这片蓝天。

透过榕树所焕发的生命活力，我也似乎看到周洪发茁壮成长的样子，看到他与命运抗争、奋发不屈的身影。正是他残疾的腿，正是他拄着的银拐，正是他展露的坚韧，让我禁不住在心里暗暗地感叹：冰天寒霜摧残枝，春风化雨叶亦繁。

后来，我渐渐明白，洪发的改变过程，何尝不是我自己成长与坚定的过程。正所谓：残枝，迷鸟之所依。也许我正是那只迷鸟，也许是那残枝。

重游七曜山龙缸景区

七月，再次走进云阳七曜山龙缸景区。已去过七八次了吧，却并不觉得心生厌烦，反倒是越近中年越觉得愿意走近它。并非潜心致志，如飞鸟回归爱巢，如航船停泊港湾，如叶落终究归根。来，倒是静然；走，却不心安。

蓝天绿原听风语

早晨，启程时大雨滂沱，下午终于放晴。好一个雨后岐山草原！

风儿急切地推开乌云紧叩的窗扉，露出一望无垠的天空本色，湛蓝、透彻、洁净。如此通透，宛若一块巨大的蓝玻璃，只要轻轻一敲，就会降下漫天的玻璃雨。如此梦幻，又像是倒挂的海，蓝莹莹的，一不小心就会倾泻下来。

天空之下是漫无边际的绿，树的墨绿，灌木的深绿，小草的浅绿，偶尔有些不知名的野花点缀，既显出层次的美感，又结合得自然流畅。绿得饱满，但并不胀满双眼，绿得厚实，但又不令人肥腻，绿得如此恬适，绿得如此淡然，天衣无缝的搭配组合，无可挑剔的线条质感。

漫步在碧草与蓝天之间，嗅闻绿草捎来的淡淡清香，看那一层层随风起伏的碎浪，像从黄绿到翠绿过渡的调色板在不停地翻转，不停地变换。

天蓝得通透，地绿得干净，心静得纯粹，人闲得悠然，此情此景，格外舒畅。我那薄薄的心门早被叩开，灵魂在空旷的绿原自由地飘飘荡荡，细细聆听风掠过心尖的呢喃，任凭风的触角一丝一丝爬满整个心田，任凭这蓝和绿弥漫心空，直到满溢。到后来，我的机体也似乎慢慢融化在这纯净无瑕的苍穹之下，大地之上。这蓝的柔光，这绿的清香，将我完全淹没，彻底征服。

素心浅醉篝火夜

夕阳点燃自己，燃烧天边的一抹云霞，作为迎接皓月的彩礼。天逐渐暗淡，月缓慢升起，月似梦，又如诗，银纱般的月辉向大地铺开，薄如蝉翼。我不禁思绪缱绻：龙缸在煮月了吗？清水开始酿酒没有？篝火的长舌也开始吹奏了吧！今夏之夜，在七曜山麓，在龙缸山庄的四合院，度一夜素净，许一场清欢。

当城市华灯初上时，我们燃起篝火，斟满蜂蜜酒，酒的醇香和炭烤羊肉的香味飘进院子的每个角落。

我喜欢这篝火的色彩，透心的红，与心一样的颜色，火星跳跃，火舌摆舞，影映着我曾经年轻的影子。朋友们手撕烤羊肉，纵情放声歌唱，恣意大碗豪饮，齐舞“舍巴”，品味着土家人的朴实与豪迈。于我，曾经的激情如滚滚长江东逝水，一去不还。曲是当年曲，火是当年火，人非当年人。岁月沧桑丰腴了我们曾经单薄的思想，却冲淡了篝火的色彩，也冲淡了浓郁酒香。这个夜里，不必言盛景，也不必叙深情，不想歌唱，不想舞蹈，不想回忆。尽管燃烧的篝火吞吐着火舌，皎洁的月儿泼洒着清辉，而我却只想卸下纷繁杂乱的俗念，放身心在这茫茫夜空，无拘无束，无烦无忧，拥素心一颗，静依清风，默伴明月。人生本无常，何必太执念，正所谓，缘来缘去缘如水，花开花落终成空。曾经云烟皆成过往，旧时记忆也终将逝去，只愿一切安好。

原本就不曾渴望刻意寻找什么，所以也就不觉得有何失落。也罢，如此甚好。何不把酒临风，小酌一盏，尽管人已非，却是月如故。正是，素心浅醉篝火夜，人生有味是清欢。

云端漫步攀绝壁

第二日，因陪伴年迈体弱的恩师，行得缓，观得慢，这倒正合我意，不用急匆匆地赶路，不再走马观花。从北门到云端廊桥，经绝壁栈道，再到龙缸、龙洞、老寨子，不像以前得走回头路。我们一路走走停停，慢行慢看，绝世盛景饱览无余。

七曜山并不清秀。它肖像巍峨，华装威严，突兀瘦削。它性格坚挺硬朗、稳重坚定，甚至有些盛气凌云，如豪气的巨人，更显它与众不同的伟岸和傲骨。这点不像江南的山，丰满温润、柔软细腻，像婉约的秀女。

云端廊桥就矗立于千米峭壁悬崖上，像一朵莲花盛开在群峰之巅，享有“天空之花”的美誉。站在全通透超白玻璃的桥面上，凌空俯视，千仞悬崖，万丈深壑，可谓步步惊心动魄。昂首抬望，远山逶迤，蓝天白云近在咫尺，似乎伸手可及。真有“不敢高声语，恐惊天上人”的意韵。

从云端廊桥下来，乘巴士到天河广场，便到达牵手栈道。栈道从映月洞到猴子垭口，全长三公里多。在峭崖绝壁上挑出一米左右，悬空而立，像一条长长的缚带束于大山之腰，步行绝壁栈道之上，人如腾云驾雾，凌空飞起。时而心颤，惊呼于脚下悬空的玻璃栈道；时而舒缓，放眼远眺群峰苍翠；时而娴静，凭栏俯瞰石笋河秀水绕山。一山之间，情调随景而移动，心绪顺景而起伏，也真是绝了！

天下龙缸独一品

走过栈道，穿过映月洞，便来到龙缸。云端廊桥和玻璃栈道堪称“绝”与“险”，其乃人造之景，虽与自然相融洽，但主要体现人力之奇伟宏大。然而，龙缸之景乃天造地设，体现的是自然力之鬼斧神工、卓尔不凡。

立于隘口，举目一望，整座山的中间被掏出一个巨大的坑，像一口大炉缸，传说是龙王之女沐浴之处，也许这就是龙缸之所以得名吧。顺着缸沿上蜿蜒起伏的石砌小道艰难爬行，须时刻小心翼翼。缸沿外边即是万丈悬崖，缸内壁如刀削斧劈般直上直下，突显干净利落的个性，丝毫没有拖泥带水的痕迹，不愧对“天下第一缸”的盛誉。四周崖壁青灰，只在崖缝间偶有一些倔强的小灌木枝横斜卧，或有古藤倒挂缠绕；缸底林木葱茏，偶有不知名的野鸟盘旋低飞。如有幸遇到峡谷里的雾升起来，一切都笼罩在雾霭之中，像披上一层朦胧飘逸的轻纱，更有几分仙风道骨般的气韵。

龙缸最摄人心魄之处当是鹰嘴岩。那是一块从缸沿伸向缸内而悬挑的巨石，远远望去真像一只老鹰抻长脖子蹲在龙缸口，凝神傲视。来到鹰嘴岩，我手脚并用，也只敢爬到岩石的基部，探身向缸内一看，心脏似乎瞬间掉进了缸底，甚觉肉颤心惊、魂飞魄散。

行得累了，驻足倚靠在险峻的龙缸边沿。不经意间，便想到了埙，想到了它朴拙苍古之味，堪称地籁之音。乐器之中，我尤爱埙，泥土的胚胎，没有华丽的外表，音色空灵悠远、凄清哀婉而又浑厚幽旷，像旷野里的一轮苍月，瞬间便能穿透你躁动的心墙，悄无声息引领你走向静笃。龙缸丝毫不妩媚，它是远古卓绝的厚重与低沉，也唯有埙的音色与之匹配最适宜吧！

其实，龙缸本应该是叫作山的，只是它把自己的心掏出来送给了大地，于是就变成了如今的坑，它用这样的方式让自己心胸变得更为宽阔，以容下世人所容不下的风景，绝立于世外，你来或不来，它始终坚守这份安宁与静谧。

碧波幽湖漾轻舟

最后几位恩师都感觉体力不支，龙洞和老寨子只好放弃。午餐后，我们直奔石笋河（因建盖下坝水电站拦河筑坝而形成了一个湖泊，现叫清水湖）。

清水湖异常幽静而深邃，湖面平滑，宛如镜面，湖水明澈，犹如绿玻，真乃人间瑶池仙境。乘坐画舫一样的游船，泛舟碧波之上。一颗不惑之年的心，早已消退了曾经的炽烈，仿佛这湖水一样，清澈而明净，也平添了几分薄凉，更有几分成熟与稳重。曲折迂回的河道向前延伸，有时竟看不见前行的路，当船行到近处时，峰回路转，河道又露了出来。游船在山涧沟壑间缓缓行进，两岸青山、群峰排闼而开，如推开一扇扇巨大的门扉，那些紧锁于群山之中的绝美盛景一幕幕呈现出来。真是：碧玉流水窨然去，别有天地非人间。

当船行至一个拐弯处，远远地看见河道中央，一根巨大的石柱直插云天。那凸起的石笋，仿佛须臾之间从河谷底冒出来，高高地巍然耸立在你面前，你必须昂起头来瞻仰它的全貌，不一会儿便觉头晕目眩。它藏匿于江峡之滨，幽谷深涧之中。它虽然如此高峻，却无丝毫骄横，闲看庭前潮涨潮落，漫随山涧雾聚雾散，那么宁静，那么孤绝。无论风雨交加，无论雷电轰鸣，它都岿然不动，始终于一地直立。

其实，我并不刻意倾慕什么新奇的景。只是内心俗念杂陈，满满地充斥着，我更迫切需要一剂清新的良方，以祛除这些浮躁而喧嚣的俗尘，摒弃生命中的累赘。也只有在这清灵之地才能够真切地感觉到，原来灵魂能够如此轻盈，原来快乐和幸福可以如此简单，原来生命中居然有那么多的不必要。我情不自禁地伸出手，拂几绺细澜，捧一汪碧绿，不厌其烦，乐此不疲，这既是洗尘，更是涤心吧！

龙缸的归去来兮

十年前，我曾从龙缸景区移栽了一株青葱的灌木到家里，不知其名，叶片小而浓密，有些像女贞，尽管精心照料，但最后还是枯萎了。我为自己当时的鲁莽和无知而倍感羞愧。它的生命只属于七曜山，它的根在那儿，它的魂在那儿，是带不走的。如果离开了生养它的土地、空气和水，它的生命就难以为继，只能无奈地凋零。

与其说每次七曜山之行是游玩，不如说每次都是修行，时间够了，道行也就增加了。以前每次去，临末总希望带点什么东西走，留作念想。现在，去了就想把自己留在那儿。年纪越长，我越歆羡五柳先生“采菊东篱下，悠然见南山”的情致，那是多么惬意，清淡纯粹，出于自然；还有孟山人，隐逸田园山水，意境清迥，韵致恬淡；更有庞德公一生未屈身城府，隐耕山水，自得安闲。诸公所为都是我所欲达之境。

返程途中，我一直在思索一个问题：七曜山到底用什么蛊惑了我？思来想去，是那湛蓝的天，是那碧绿的草，是那轻柔的风，是那陡峭的崖，是那悬空的栈道，是那清澈的湖水，是没有世人为之鼓噪的偏安，是没有金钱铜臭浸染的洁净。从古至今，事与物始终按部就班地更迭流转，一切都那样自然、宁静，风亦轻，云亦淡。

现在，这里因旅游火了，冲破了固有的藩篱。人头攒动，如潮的游客日复一日地占领着龙缸景区的每一座山隘，每一条道路，每一棵树，每一片叶子，每一块石头。我不禁心生一丝忧虑，这一隅净土能否顶得住人类物欲横流的冲击？长江三峡最后的“香格里拉”是否也将成为历史？

爱上七曜山的云淡风轻，爱上龙缸的旷古悠远，爱上清水湖的静默幽微，爱上老寨子散发出的神秘气息，还有賨人、青石、女羞池、祭祀柱……

它们的故事，我愿意聆听，千万次，也不厌。

长城，我一生的仰望

面对长城，我感到自己渺小如一粒尘埃。长城，我要用一生的时光来仰望。

中国历代长城总长度达两万一千多公里，纵贯历史两千多年。其中，明长城是存世最完整，也是最坚固的长城。它从鸭绿江畔的虎山腾越而起，飞越崇山峻岭，迈过千沟万壑，从荒漠里突兀地冒出来，直到嘉峪关才驻足，翘首西顾。它横亘在世界的东方，绵延近九千公里。它是中华民族对自然的征服，更是对人类自身的征服。它规模恢宏，气势磅礴，足可威震寰宇，藐视天下所有建筑。

我曾先后几次登临长城，去山海关看龙头探海，去八达岭领略巨龙蜿蜒，而今来到金山岭长城，再次被它的壮阔秀美所深深吸引。

站在山脚下仰望，长城宛如飞龙在天，蓝蓝的巨大天幕就是它的表演场，只见它扶摇直上，直冲九霄。当我站在长城的高处瞭望，绵延远去的长城又好似蛟龙游海，碧波起伏的群山就是它戏水的游乐园，眼见它摇首摆尾，逶迤而去。

我极目远眺，妄图寻找到它的尽头。可它前不见首，后不见尾。我只有叹服地收住目光，心中立刻充盈着敬畏，顿时觉得自己何其渺小。我既想做一个虔诚的瞻仰者，也想做一个更全面的审视者，可始终只是管中窥豹，恰似盲人摸象。我想，于长城而言，“千里眼”都显得眼拙，更何况于我这凡夫俗眼呢，长城可有万里之躯呀！它实在是太庞大了，以至于没有谁能将它一览无余，尽收眼底。

我素来都不喜欢那种走马观花的闲游，也不喜欢只顾匆匆赶路的串游，游长城更是如此。单纯地爬，空耗体力罢了，未免世俗；一味地看，马齿徒增而已，略显肤浅。我乐于停下来欣赏，于行走中思考。偶尔驻足，倚靠墙体，歇歇脚，贴耳聆听山的心跳；偶尔斜身，探出垛口，吹吹风，嗅闻远古的气息。特别是来到远离喧嚷人群的僻静之处，没人骚扰，任思绪无拘无束地驰骋、放飞，一个人很享受、很静默，仿佛与远逝的戍边将士心照神交，这样的状态可真好。

我慢行在青色苍古的城砖上，每一个提步，每一个落脚，都在丈量着历史的长度与厚度。那些山头高高孤耸的敌楼，总会不由自主地成为我视线的主角，并步步走进我的眼帘，钻进我的心窝。这一刻，在我的世界里，就只有长城了。那些围绕长城厮杀的远古场景在脑海中浮现，我仿佛看到战马在眼前奔腾，卷起漫天沙尘；我仿佛听到杀声震天，箭镞在耳旁幽鸣。我仿佛看到一个王朝倾覆，另一个王朝又崛起。

站在敌楼墙根，我用鼻子紧紧地贴着微凉的青砖，一股焦灼之气直逼而来，充满着刚毅与霸道。就在某个瞬间，不容我反应，它闪电般地侵入我的躯体，将我整个吞噬。我似乎变成了一块青的砖，或者一条灰的石，镶嵌在墙体的某个角落，与它彻底相融。这样的力量来得悄无声息，来得无影无形，那么巨大，那么震撼，像是锁魂咒。我被征服了。

长城就是拥有如此神奇的魔力，总在猝不及防间就迅速占领你的思想高地。此刻，我理解了席慕蓉老师的感叹："为什么唱你时总不能成声，写你不能成篇，而一提起你便有烈火焚起。"

一块块风蚀的砖，蕴藏着道不尽的沧桑，一堵堵沉默的墙，承载了抵御外敌的荣辱。是这些墙，是这些砖，曾经支撑起了一个文明强大的国度。有人说，伟大的人都是孤独的。我说，长城也是孤独的。记得明朝时期称长城为边墙，这个名称好，贴切，与长城的气质匹配。边墙即边疆的一道墙，边，主要是边防，也有边缘、远离城市和人群的意思。

长城大多是建造在人迹罕至的绝壁峻岭，或者是荒凉大漠。山脊顶、荒原上、大漠里，孤零零地矗立着一座座敌楼、关隘，被一段段城墙连接着，或近或远的烽燧独立山巅，有的地方已残损，甚至坍塌，墙砖四下散乱，荒草夺缝而出。看着很骨感，透着一股倔强的力量，又给人一种难以逃避的孤独之感，其间还夹杂着些许悲凉、凄清的味道。

先人修建长城的目的是阻止发生战争，而战争往往又围绕长城争夺而展开。尽管长城经历了血腥杀戮，但它依然是中华民族追求、向往和平的丰碑。人心所向注定了和平才是世界的主旋律，也注定了寂寞冷清才是长城永恒的主题。长城在两千多年的历史中，激烈地征战总是短暂的，绝大多数时候都是寂静地孤守。据长城专家董耀会老师研究，我们今天看到的所有的长城，90% 以上是没有经历过战争的。即便是打过仗的那 10%，不打仗的时间也超过 90%。如此看来，长城冷清之际，战争停歇，杀伐终止，生灵免遭涂炭，这是百姓莫大的福祉。我真心祈愿烽火灭，狼烟熄，战鼓歇，让长城永远寂寞，永远冷清！

树欲静，风不止。战争不会因为美好的祝愿而不来，时刻防御是无奈之余的必须选择。明王朝的军屯制度也算是其中的典型。为了长期防御，戍边将士远离政治经济中心，在地理和心理上边缘化，生产自给自足，集农民、牧民、士兵三种身份为一体，既要务农、放牧，又要防务，而且多数时候他们俨然农牧民，军队组织松散，战斗力非常弱，基本丧失主动野战能力，一遇战况，只能是依靠坚固的城墙死守！他们只能期望战争永远不要到来，可游牧民族的突袭常常在某个不定时刻突然降临。他们又不得不默默地坚守，就这样在焦虑中等待，在等待中煎熬，这需要多么强大的忍耐力去承受那份旷日持久的孤独和寂寞？也许，正是在持久的孤寂与忍耐过程中，磨砺了中华民族顽强的毅力与超人的智慧，金山岭上的障墙、挡马墙、支墙、尖角垛口、空心敌楼……这些独特精妙的设计便应运而生，在世界军事建筑史上闪耀着不朽的光辉。

谈及金山岭这些军事杰作，不可忘却抗倭名将戚继光。公元1568年年初，他履新蓟州，在镇十六年，他精心设计，亲自督造，改建或重建了蓟州长城，增筑空心敌楼一千余座，为我们留下金山岭这朵军事建筑艺术的奇葩。他打造蓟门精兵近四万，击退来自北方的多次袭扰，重创朵颜，俘虏长秃，击溃土蛮，从此烽火渐稀，边备修饬，蓟门宴然。他一生征战，从无败绩，为大明王朝立下赫赫战功。然而，他却因与首辅张居正关系密切而被廷臣弹劾革职，多数朋友弃他而去，临末几多寂寞，几多悲怆，一代名将终在贫病交迫中孤凄离世。

傍晚，突然风起，有些急，有些凉，墙外灌木枝叶翻飞，城头野草摇头扭腰，风声呼啸而过，好似胜利者的狂欢，又似失败者的哀嚎。城墙不言，敌楼不语，烽火狼烟已随历史的风尘飘散，唯有那五百米文字砖在无言地诉说曾经的故事，岁月的沉积始终无法埋藏我对英雄的追忆。为何英雄常常孤独末路？每思于此，我的情绪便开始泛滥，凄凉感和刺痛感陡然而生。

长城既是雄伟的，也是孤独的。如戚继光一样的代代民族英雄也是绵延的长城。他们不落世俗，擎天撼地。孤者为王，独者无二。

恒合的早晨

前段时间云阳酷暑难耐，我每日都闷在空调屋里，心情有些烦躁。一日，有幸受几位萨克斯前辈诚邀，一起去恒合土家族乡避暑，借以学习请教，亦顺便散散心。

翌日清晨，窗外梨树上的秋蝉开嗓了。嘶嘶呢呢、断断续续的蝉鸣声，唤醒了沉睡中的小镇，也叩开了我好奇与期待的心窗。穿过一条条土家风情的街道，一个巨大的湖泊映入眼帘。

站在北面湖堤远眺，整个湖泊被绿色占领，墨绿、深绿、浅绿，过渡自然，毫无雕琢之感。湖岸犬牙交互，一条环湖步道斗折蛇行，明灭可见，灰白的栏杆格外显眼，仿若给湖泊束上了一条白色的腰带。微风拂过湖面，泛起粼粼波纹，细细腻腻，层层叠叠，极像一湖的瓦楞纸。

此时，太阳还没升起，但阳光的触角已伸到地平线，点染云层，或橙或红，湖里仅仅倒映着一道细长的淡淡的晨曦，阳光迈着慵懒的脚步，缓缓地挪向峰峦，四处一片温润与祥和。

沿湖边步道缓慢前行，阳光也慢慢地从远处的山峰移到近处的森林。湖周围的光线变得明亮起来。我来到湖的一个汊湾。远远望见步道从汊湾中间跃水而过，田田的荷叶在步道两边铺排开来，高低错落，疏密有致，荷花点缀其间。走到近处，娇艳粉嫩的花朵灿若云霞，或婀娜盛绽，或娇羞待放，或初露尖角。

平素，我甚爱荷花，但此刻，我似乎更倾情于满湖大大小小的莲蓬，亭亭净植。有的已成熟，色泽暗绿，膨胀欲裂，像罗汉瞪着的大眼，鼓着圆圆的眼珠，庄严而肃穆，细看又如蜂巢分隔的室，欲献香甜的蜜汁似的；有的身披一袭绿衣，莲子紧裹于内，饱满厚实，朴素而淡雅；有的刚刚褪去粉妆，露出金黄的莲蓬，娇嫩可爱。

我不由想起鲁迅先生的《莲蓬人》："芰裳荇带处仙乡，风定犹闻碧玉香。鹭影不来秋瑟瑟，苇花伴宿露瀼瀼。扫除腻粉呈风骨，褪却红衣学淡装。好向濂溪称净植，莫随残叶堕寒塘！"

先生终其一生都秉持着正气凛然的风骨，鄙视并唾弃奴颜媚俗的行径，正如他诗中所咏莲蓬。先生是我心中的一座山，他的风骨更是我心中永不熄灭的明灯。

目睹眼前的莲蓬，我不禁又忆起莲心茶来。第一次喝，只是觉得苦，后来慢慢品出其间清幽的甘甜回味，也就不再那么苦了。面对人生的诸多坎坷时，也能云淡风轻般逐一化解。多喝点莲心茶，多吃点苦未必是坏事，既安神，又养心，正如洪适所言："浅笑擘莲蓬，去却中心苦。"

当我回过神来，阳光已来到湖的汊湾里。光线柔软地铺下来，荷叶、荷花、莲蓬沐浴在和煦的阳光里，似披上了一层薄薄的金纱，不落凡尘，清新脱俗。荷叶更绿了，荷花更艳了，尤其是那露着金黄的嫩莲蓬，似有金光照射而出，仙气飘逸，倏忽间便观照到内心的阴暗角落。露珠躲在莲叶间，偶尔被照射到的，闪动着灵光，似童话里的小精灵眨着眼，清明而锃亮；又似一个个跳动的音符，弹奏着土家摇篮曲。四周的枫树、柏树、松树、灌木、庄稼、杂草……全都享受着阳光的普照，改变了色彩，挺起了腰身，抖擞了精神。

我继续沿蜿蜒的步道向前，阳光也逐渐洒满整个湖面，一切变得热烈起来。麻雀们也不再低吟，叽叽喳喳地喧闹着，蝉也唱得更加酣畅。湖面绿波闪烁，若千万面镜。不远处，一对鸳鸯，闲适地浮在水面，时而随波荡漾，左右摇晃；时而缓缓扭头，啄啄羽翎；时而轻盈展翅，伸伸懒腰；时而相顾凝视，眉目传情。多么曼妙而美好的画面，实在令人歆羡不已。

漫步湖边，任心绪徜徉于湖光山色。心似清莲不染尘，何处不得悠闲日？

拥抱三亚的海

因为对大海久久的向往，更因为要见到三亚的海了，即将靠近她，拥抱她，心里便涌出一种迫不及待的冲动。

驻足远处，看不到浪花，也听不见她的歌唱，大海是如此的静谧，静得有些幽然。只是远远望见近处金黄的沙滩，像妙龄女郎的一条围脖绕在大海边缘，海上点点白帆。近海片片浅绿，绿得那么鲜亮，宛如一块块玲珑剔透的巨大翡翠，镶嵌在沙滩和远海之间。再远一点海水变得浅蓝浅蓝的，蓝得那样透彻，仿佛蓝宝石，在阳光的映照下，波光闪闪，飘忽摇曳，令人迷醉。目可及处便是水天相接的地方，湛蓝的海水形成一条分界线，线的上边便是白云一片片，还有蔚蓝的天。没有云和山的地方，海与蓝天相交相融，已分不清哪儿是海，哪儿是天。

虽然目睹着如此恬淡的景象，但仍然无法平息我早已快要迸出胸腔的心跳。一股隐形而庞大的引力牵引我的脚步急速奔向海边。

我听到了，听到了大海对我深切的呼唤。我爬上一块巨大的礁石，大海就在我眼前，距离是如此的近。大海蓝莹莹的，显得那样的纯净；渺茫茫的，显得那样博大。一阵阵振聋发聩的声音叩击着我的心门，层层叠叠的巨响由远而近，此起彼伏。我似乎听见马蹄声，它与嘶鸣声混杂在一起，犹如千军万马在荒漠中呼啸奔腾。我又似乎听见各种乐器齐奏的声音，有低沉浑厚的大提琴，有热烈轻快的小提琴，有明亮活泼的长笛，有幽默滑稽的双簧管，似乎还有许多的打击乐器……这简直就是一部宏大的交响乐。

我嗅到了，嗅到了大海向我散发的气息。海风迎面扑来，竟是那样清凉爽快的味道。我静静地伫立，任海风轻拂我的每处肌肤，任海风撩乱我的发丝。此刻，心旷的形容已显得无力，神怡的注解更显得苍白。什么也不说，什么也不想，只需将人沐浴在风中，让躯体连同思绪随着风儿一起飘，飘向远方……

海浪一层层卷来，拍打着海边的礁石，溅起朵朵浪花，晶莹剔透，洒落一片。不经意中，一个可爱的小调皮，悄悄溜进我的脖子，倏忽钻入暖暖的身体，那一瞬间，我便和大海融为一体了。

来到海边，漫步浅滩，任海水一次又一次没过脚背，她就像情人热恋般甜甜地亲吻着我的脚，让人无限惬意。我忍俊不禁，索性将我小小的身躯投入大海的怀抱，尽情体味她母亲般温存的抚摸，把我沾染尘埃的心灵搁置于她的掌心，无一余留地让她轻柔地淘洗心中沉淀。

傍晚，大海似乎也倦怠了，渐渐停歇了呼喊。我闭上眼，屏住呼吸，静静聆听着海涛弹拨的乐音。在这广阔浩渺的大海面前，我忘却了自己的存在，不想有丝毫的打扰。忘却一切的超然，只有我的心跳，只有大海的温柔的波澜，和着节律的音符尽情跳跃，那是一曲纯天然的悠悠笙箫，令人遐想而神往。我就这样静静地欣赏，静静地品尝——那份久违的恬然。顿生一种渴望，就这样躺在大海的怀抱里安然入眠，她抱着我，我拥着她，永远不再醒来。

夕阳的余晖倾洒在沙滩上，更显得一片耀眼的金黄，大海也仿佛披上一层薄薄的浅黄婚纱。游人们都三三两两地散去。我们也即将启程，透过车窗凝望大海渐渐向身后远离，浓浓的眷念油然而生，在脑海久久挥之不去。这时，我才明白，我早已把心留在了三亚，留在了那一片空灵的海域。

久违的年猪饭

昨天，应同事之邀，我们一行四人来到她的老家——大阳乡鸡鸣村，真切地感受了一把久违的年猪饭。

一大早我们就启程前往鸡鸣村，路上，我们边欣赏车窗外时不时出现的火一样的“红姑娘”，边挖掘记忆中杀年猪、吃年猪饭的星星点点的线索。

以前，每年岁末的寒冬腊月，农村家家户户都会杀年猪，请客吃年猪饭。年猪饭是亲朋邻里相互沟通的桥梁，更是对庄稼人一年辛劳的慰藉和犒赏。儿时记忆里最熟悉的莫过于热气腾腾的菜叶包连铁。当猪一开膛，首先就是吵闹着要杀猪匠割下猪的脾脏（我们叫连铁），撒上少许盐，用新鲜菜叶包裹了置于柴灶内，三五个小伙伴围在灶台前垂涎而待。但是现在外出务工的青壮年多了，留守在家的都是老人和小孩，因此喂猪的少了，所以很多地方已经渐渐淡忘了这一习俗。不过，还是有些地方依然保留着吃年猪饭的习俗。

来到鸡鸣村，主人又是装烟，又是请坐，那股子热情劲早将丝丝寒意抛到九霄云外。屋内的案板上已摆满了分割好的猪肉，没能目睹杀猪的情景，我们不觉有些遗憾。正扫兴之际，听杀猪匠说，另一家马上也要杀猪，我们立即欣然赶去。

厨房里的主妇早已烧好一大锅开水，那家主人也备好接血的大盆，杀猪匠手持利刃等候在案板前。一切准备就绪，只见他们有的抓住猪耳朵，有的搂猪腰，有的按猪脚，有的提猪尾巴，三下五除二就将一头肥猪按倒在案板上。院子里传出了阵阵猪的号叫声。一个手脚利索、经验老到的杀猪匠，提起刀子直朝猪的咽喉部位捅进去，只听“噗”的一声，鲜红的猪血顺着刀口喷涌而出。眨眼工夫，年猪在挣扎中慢慢停歇下来。杀猪匠边用开水烫边刮毛，大约一个小时，便将年猪收拾得白白净净。接下来就剩下开膛剖肚、处理内脏、分割猪肉几道工序，杀猪匠对每道工序早就娴熟于心，他按部就班地进行着，又过了一个多小时，分割好的一块块猪肉就摆在主人预设的案板上了。大家谈论着肉质和重量，收获的喜悦洋溢在每个人的脸上。

听老者讲，在乡下，杀年猪是年终极为重要的一件事，因此有很多讲究。诸如：杀年猪要找一个良辰吉日；年猪的叫声越响亮清脆越是预示着大吉大利；杀年猪时要干净利落、一刀毙命，这寓意着主人家来年事事顺利；年猪血喷涌越多越鲜红就越预示着主人家兴旺发达，接血时还不能泼在地上，否则就会破财。虽然找不到科学的依据来解释，但我宁愿相信，因为这是乡里人对家业兴旺、万事顺利的美好向往。

晌午时分，同事家已宾客满室。大家在堂屋里分席落座，一盘盘色泽滋润、香气扑鼻的佳肴端上了桌。排骨萝卜汤、青椒肥锅肉、泡椒炒猪肝、葱花炒肉丝、花椒烧土鸡、泡椒泡姜焖猪肉……各种菜肴摆了满满一桌。主人还拿出了珍藏的纯高粱酒，给客人们斟满怀。大家喝着醇香的美酒，吃着香喷喷的年猪菜。席间，亲朋好友、左邻右舍共同举杯，祝贺主人家今年的丰收，预祝来年的兴旺。酒过三巡，大家都兴奋起来了。平时拘谨的汉子，也变得自信豪爽了；沉默寡言的主妇也变得风趣幽默了。五六十度的烈酒激发了男人们的豪情，卸下了他们生活的压力。而那些不喝酒的就在旁边“敲边绳”，时不时地插话搭讪，引来屋内一阵阵欢笑声。这份热闹，这份酣畅淋漓，呈现着主人一年的荣耀。

傍晚时分，满山梯田即将被茫茫夜色笼罩，我们与主人依依道别。临行前，主人还不停地招呼：“记得下次一定来。”这久违的年猪饭，让我品尝了人间美味佳肴。归途中，余味还回荡于舌尖，亲朋邻里相聚一堂的温馨仍萦绕于脑海，但是，主人的淳朴、厚道与热情更让我对他们的敬意油然而生。

第二辑

深情回眸

苦 荞

苦，是五味家族中的异类，常常不招人待见。人们近乎执拗地偏爱甜，土地却并非一味逢迎人的好恶，总要长出一些苦的作物来，如苦瓜、苦丁、苦荞……它们是名实相符的，真的苦！

当我沉浸在用黄土揉搓出一辆辆歪歪扭扭的玩具车时，我就开始关注零星散布的一片片娇小的白花了，皎洁琼银，若一块块汉白玉镶嵌在墨绿的山野间。它的白显得单调而纯粹，干净又清冷，似弄错季节来早了的雪，又像是贪玩误入大地而忘了归途的云朵。可是，它终究不是雪，迎不来春的热闹。它更不是云朵，绽不开彩虹一般的绚丽。

老家地少土瘠，母亲把它的种子撒在不成整块的耕地边缘。由于母亲一人负担起整个家的田间地头的农活，还要照顾我们兄弟俩，根本就无暇顾及它。这倒顺了它耐薄瘠的性子，反而长势喜人，挂果丰硕。

每到十月左右，那紫红的茎上、碧绿的三角形叶间藏匿着一颗颗黑褐色的清癯的粗糙的果，有棱有沟，像锈迹斑斑的三角钉。这副相貌甚是丑陋，堪比我浑身上下糊满污泥的样子，找不到一点光鲜之处。

我非常惊诧，那么洁白无瑕的花居然长出如此不堪入目的果。真是造化捉弄，命途难料。

母亲郑重其事地告诉我："它叫苦荞，也是你的'妈妈'。"

我纳闷："我不是只有您一个妈妈吗？"

"喂养过你的都是你的'妈妈'。你有'谷子妈妈''洋芋妈妈''红苕妈妈'……"母亲的脸上洋溢着微笑。

我也冲着母亲羞涩地欣然一笑。

农闲时，母亲把苦荞粒磨成面，加水和成面絮，然后加老酵反复揉，再搁置在灶台，利用余温催发，待面絮发泡后，切成小方块，最后上锅蒸。十几分钟后，一个个瘦面疙瘩在蒸汽里长得胖乎乎的。蒸熟的苦荞粑并不比苦荞粒美观多少，像极了草地上的一坨坨牛屎，黑乎乎的，但吃在口里，微苦中却透出独特的爽口的荞香。村里只有母亲会打酵头发荞麦面，因此，这是我和哥哥小时候最洋气最可显摆的"糕点"，我们哥俩总是争抢着吃。

那个年代，物资极度匮乏，生活确实很苦。苦荞粑也是真的苦，但嘴里总能嚼出母亲的呵护，嚼出兄弟俩快乐的嬉笑，嘴上尝着苦，心里品着甜。作为食物的补充，作为延续我生命的营养品，苦荞功不可没。直到现在，我对土地里长出的任何食物都报以恩人般的感激，因为，它们与母亲一样，养活了我。可惜，母亲去世后，苦荞粑永远吃不到了。现在回想，那时候日子虽然清苦，心中却是装满了甜蜜。

吃苦荞粑，纵然苦，却也甘。苦荞粑，它是老家的印象，梦里能生出母亲的味道，那些味道像蒸汽一样在笼屉里缭绕、升腾。我不曾料想，苦荞会成为我一生的不舍。

前些年，我认识了一位姓何的开羊肉面馆的老板。店铺不大，生意却异常火爆，他挣了不少钱。然而，何老板为人极其低调。他面对顾客，总是点头笑迎，语气温和。其他面馆一般用豆浆、紫菜汤、老鹰茶作为用餐饮料，他家与众不同，提供的是经过烘焙的原生苦荞茶。每张土黄木纹的餐桌上，搁着满满的一大壶，汤色黄亮，明澈，一股清新的苦荞味弥漫在小米黄的灯光里，飘向小店的每个角落。

几十年的光阴也没能把苦荞粑的印迹抹去，它的味道不但丝毫没衰减，而且更加浓郁。喝上一口苦荞茶，回味着淡淡的苦，嗅闻着浓浓的香，借此慰藉对苦荞粑的怀想之愁。

这一喝，便一发不可收，开始一段时间里，几乎天天去，原本我偏好面食，又喜牛羊肉，但来店的主要目的却是直指苦荞茶。

经常光顾店里，一来二去，我和何老板互相就熟悉了，还加了联系电话，以后去吃面都是提前预约煮好，到店就吃，不用等。每次何老板总是刻意给我多加几片羊肉，再配上秘制剁椒和鲜韭菜，我都吃得满头大汗，心头火热，真叫一个爽快。后来，儿子也被我引诱到店。儿子怪僻，不吃羊肉，却专要加羊肉汤，何老板也大方，从来不收一分钱，免费给儿子舀两勺。

吃了羊肉，再喝上一口苦荞茶去腥去膻，恰适小店如此柔和的灯光，如此谐和的氛围。我觉察不到丝毫的苦荞之苦，只有满口盈盈的淡雅清新的荞香。他是生意人，我是顾客，两个陌生人之间的买卖关系，竟也能生出如此熨帖的情谊。

喝苦荞茶，即使苦，也情愿。苦荞茶，它是我走出自囿，通向外界的桥梁，桥这头是真诚，桥那头是友善。茫茫人海，相遇即缘，珍惜每次相遇，相识方能相知，相知便能把温情传递。滚滚红尘，与人为善，遑论远近亲疏，福禄虽未至，灾殃已远离，这不是最大的幸运吗？

最近，经一位朋友介绍，我有幸认识了毛铺酒代理商孙总。他在自家旗舰店私人定制了一桌席，诚邀我去品尝毛铺高端的玉荞酒。

我平日饮酒，旨在消遣，大多时候都囫囵吞枣地吞下去，加之，酒文化浅薄，品不出什么道道。但这次如此隆重而有仪式感，容不得怠慢，我须细细品尝一番，才不负孙总一片厚情。

席间，品鉴师小胡严谨地给我们做维生素还原碘伏加淀粉的小实验，大家边看边听孙总介绍毛铺酒的配料、酿制过程以及特点。原来，毛铺酒是把苦荞酿造的清、酱、浓三种香型的原浆陈酿按比例融合形成基酒，加上提炼提纯的多种草木精华液调制而成。

望着杯中泛着淡淡黄色的玉荞酒，我暗自思忖：苦荞粑、苦荞茶都苦，这苦荞酒会苦吗？

我端起酒杯，凑近一嗅，一股淡淡的荞香萦纡在鼻子周围，就在嘴唇触碰杯沿的那一瞬间，拢嘴一咂，酒入口，香进鼻。这玉荞酒不辛不烈，似经过岁月砥石打磨的中年绅士，性情温和，绵柔醇厚。带着荞香的玉液琼浆顺喉而下，直至滑进胃里，方才冒出几星淡淡的灼热，若叶子飘落于静静的湖面，漾起微微涟漪。随即，口腔内回旋着丝丝甘甜，味蕾被荞香紧紧拥抱，人短暂地彻底地沉浸于自我浮想的意识里。

这情致真是“一口品三香，更闻草木芳。绕喉绵不绝，回味韵悠长”。俗话说，“花看半开，酒饮微醺”。大部分饮者认可这个程度为适宜之乐。然而，饮酒之极乐，我个人以为只在饮之第一口，恰如人生之初相见，美妙绝伦。

我万分惭愧，不能如李白那般斗酒诗百篇，也不能如汪曾祺那般文思泉涌，把这世间佳酿好好颂扬一番。我更不敢想象，苦苦的丑陋的苦荞，经过发酵蒸馏，经过精炼提纯，经过细心调制，竟然脱胎换骨了。

品着这醇香四溢的玉荞酒，我不禁想到：心灵的成长何尝不是如此呢？生命的过程就是在酿造一坛心灵的酒。我们来到这个世界，原本是多么晶莹剔透的水啊！只是被那繁芜的杂念、贪婪的欲望、世俗的功利所浸染，变得浑浊不堪了。我一边在社会这个熔炉里被玷污，一边在自我心田这个甑子里蒸馏提纯。随着岁月的沉淀，我的心灵也会如这玉荞酒一样，历久弥甘，历久弥醇。当我摒弃无休无止的欲念之后，我蓦然发现，内心逐渐变得无比空旷，足以容纳下现实中许多的良莠混杂，身心皆安。当心不染尘埃，自有清风徐来。

饮苦荞酒，不再苦，且醇厚。苦荞酒，它是我生命跋涉的屐痕。我在酒里寻觅，寻觅生命的意义。当头上芦花渐开，思绪越发清晰：它是山坡上忘归的那朵苦荞云，它是弥漫在小店的那缕苦荞香，它是烙在心坎上的每一抹苦荞的记忆。

茶山上飘过几朵云

返乡前日，夜不能寐，遂拼凑短句几行，谨以至诚献之。

茶山，像个摇篮
鼾声里把童年摇醉
白云，茶山的大檐帽
柔软了天空撒落的金光
晨风牵着水牛的鼻绳
把时光一脚一脚踩进泥土
谁的腰弯成一柄铧
把脸上的平滑肌犁成了枯槁的沟壑
谁用露珠煮一盏牵挂
去温润寒夜空寂
目光漫漶，终究氤氲成

那一山青

——题记

阔别几十年，今日得以归，满心澎湃，也兼几分愧疚。过白水滩的桥，一路向上攀爬。群山迢递，山风浩荡，公路盘曲蜿蜒，时有松涛阵阵。松鼠拖着长尾，在松林里上蹿下跳，我的心也跟着忽上忽下。

舅舅感叹：“老一辈都以为从前那青山绿水的柏青村一去不复返了，没想到短短几十年又回来了。”

“是啊！全变了！”我既惊又喜。

这群山，青葱葱的。这松柏，翠盈盈的。这溪水，清凌凌的。远远地看见茶山，高耸在群山之巅，还是那么嵯峨，我仍然要抬头仰望，还是那么熟悉，脑海里开始寻找有些褪色的记忆。

柏青村，我的出生地。顾名思义，柏青定有漫山青葱的柏树，以前有，可我生不逢时。四十几年前的柏青村已找不出几棵像样的大树。山上的灌木、茅草、石头、泥土夹杂在一起，绿一块，黑一块，黄一块，灰一块。那些突兀的色块仿若癞子头上飞扬的头皮屑，一座座山都像灵魂出窍、失去了血肉的骷髅，令人心生嫌隙。唯一长年披着绿的只有我家对面的茶山。茶田依山而垒，一梯一梯，茶树整饬排列，一垄一垄，整座茶山都被涂抹得青青黝黝。

儿时的目光很矮、很低、很简单，总觉得那时候的茶山无比高。艳阳里，蓝天如同漂洗过，干净透明，青翠而高耸的茶山仿佛不是拔地而起，反而像是蓝天破了一个洞，万顷颜料漏了下来，垂入大地，形成一座锥形的山峰，彰显出磅礴的气势。

山顶时常会飘来几朵云，宛若崭新的棉絮，纤尘不染，皎白素净，每一寸丝线都闪烁着雪亮的光泽。我见过村里的棉花匠背着弯弓、手执木椎敲打的样子，“当，当，当……”每次见到这些云我就不自觉地想到棉花匠，想到谁家要嫁女儿了，我们又可以讨几颗抿半天都不化的水果糖了。阴雨天，那些云口渴了，变成了浓浓的雾气，从高空一直跑到河沟里来喝水，如展开的帷帐把整座茶山都笼罩起来，茶树在罩子里吮吸云雾精华，娇嫩的叶芽欣欣然冒出来，散发着绿色的馨香。茶山把云戴在头顶，云把茶山拥在怀里，我把它们都装在心里。

那时，没人给我写信，我把云当作是天空捎给我的信，时常爱恋地端详。可是，我斗大的字不识几个，天空又太过于深邃，我总也读不懂它的意蕴。茶山上的云守规矩，讲信用，从不乱跑，今天来了，明天还来。只要天晴，它就常来。偶尔的黄昏，我突发奇想：夜里云回家吗？它的家在哪里？茶山会把云当被褥盖上吗？如果云有一双漂亮的鞋子，或是有一对如白脊鸰那样可以飞翔的翅膀，它一定会去游历天下名山大川吧。

依靠着漫山的青翠，仰望着悠然的白云，我畅游在回忆的柔波里，遐想联翩。

那朵最大的云一定是母亲。那长长的伸着的云丝仿佛母亲挥动的黄荆条，她又在唤我回家吃饭了。

我们那个年代的孩子满山满岭地狂野，不把太阳要到落土绝不回家。每到擦黑，母亲总会生气地拿着黄荆条抽门前的一丛竹子，边抽边扯着嗓子喊：“小米，你这个短命猴儿，太阳都落土了，还不回家吃饭！”竹筒发出哗啦哗啦的声响，我才屁颠屁颠地跑回家。

别惊讶，我的乳名真叫“小米”，且有来头。村里耕地本就不多，且坡陡田少，乡亲们自我调侃：“脚盆一滚几架坡，石头骨碌下了河，黄泥路巴不住滑，一扑爬就摔掉牙。”村里人还认死理，觉得守着土地才有根，都不愿外迁。僧多粥少啊！我们家除了父亲吃公粮外，其余三张嘴，大约只有三分田。从秧子到青稻，再到抽穗，为了好的收成，还得深夜去抢水。因为那三分田里种着我们对白米饭的渴望。一年难得吃几回白米饭，只有来客人了或是过年才有白米饭吃。木甑子下面垫着厚厚的红苕或洋芋，上面铺一层薄薄的米饭，白花花的，我惊喜地叫：“云跑到甑子里头了。”米饭冒着热气，木桶味、米味、红苕味或洋芋味混合在一起，香喷喷的，吃一口白米饭，我那高兴劲儿就像乘着白云飞上了天。为了企盼多收获点稻米，我生下来就当了“小米”，哥哥自然就成了“大米”。我很乐意当小米，如果用我的名字可以换来满仓的米那得多好啊！

旁边那朵轻盈的云不是茶厂姑娘吗？她不仅会采茶，还会炒茶。

清明节前后，是采茶时节。村里的女人都去采茶，一双双巧手在茶树间上下翻飞，宛若在茶垄间扎十字绣。不时有女人随性地哼唱，没有歌词，悠悠扬扬的，尾音拖得老长老长。大多数声音沙哑、粗犷，散发着地道的泥土味。

唯有茶厂姑娘与众不同。她的嗓子一定被天使亲吻过，纯笃而清亮，高亢而魔性，好像柏林沟的泉水，从深山里流出来，经过泥土和沙子的过滤，经过时光的沉淀，带着玉米秆的甜味，蜂蜜般地一下甜至心底。那歌声里透着淡淡的青色，白云也被勾住了魂，听得如痴如醉。

哦！我记得她穿一身青色粗布衣裤，记得她天壤悬隔的牙齿和手。

她的牙像白云石，又像一颗颗剥了皮的花生，白莹莹、亮晶晶，挤挤挨挨、整整齐齐地排在一起，一旦笑起来，满口银光闪闪。她的手掌长年累月地在滚烫的锅里翻炒，在茶叶里揉捏、搓捻，茶叶的汁水渗透进手上皮肤的每个毛孔，肌理泛着茶垢般的深咖啡色，还有结痂的烫伤。这是温度与色彩的协和，心灵与气味交融。她的手早已饱尝茶的香气，每片茶叶都融入了她的精魂。她拥有茶一样清幽的品性，拥有云一样的淡泊、简单、素朴，不饰雕琢，无论何时，总是直露本色。我想，她这样的双手，即使随手薅一撮云也能沏出一壶清醇飘逸的茶来。

那时候，我们老家的茶是出口物资，属于奢侈品，乡里人连吃饱肚子都困难重重，就不要奢望喝什么优质好茶了，一般家庭只能喝老鹰茶。我只在全公社开大会时，见老队长给乡里的大领导泡过。悠闲喝茶者，不是种茶人。

紧挨着的那朵端庄的云就是碧清老师了。

碧清老师姓肖，比我母亲小，我叫姨妈。她梳着两对麻花辫，“蓝卡吉”裤子配“的确良”白衬衣，衬衣和云一样白。在我的心里，她就是茶山上的一朵云。她是村里鲜有的读书人，也是我的启蒙老师。

父亲从部队转业，被安排到红狮法庭工作，几年后调入县法院。他觉得人要多读书才有出路。决定把我哥俩转到县城上学。可母亲有不同意见。

母亲先前是云安城里人，家中七姊妹，由于缺乏粮食，养不活，无奈之余只能过继到柏青村肖家。她饱尝过饥肠辘辘的苦恼，不赞成我们去城里上学，“城头有啥子好嘛，没得吃的，饿得死人。”母亲说。

父亲和母亲相持不下，难以决断。

肖老师告诉我："你一定要去城里，以后你就会像茶山上的云，飞得很高很高、很远很远。"

她眸子里闪着光，如她的名字，清澈晶莹、碧波荡漾。

1983 年秋天，我哥俩听了肖老师的话，决定随父亲进城求学，母亲妥协，也随之入城。

这是我人生第一次重大选择。从这以后，我就很少回柏青村了。

那朵藏起来只露出一条尾巴的云肯定是雪儿。

在生产队集体公田制时期，大人们都忙着为每一顿饭食绞尽脑汁，任云多么白多么美，任我怎么调皮，根本没人搭理，大孩子也嫌弃我小。所以，我经常独自地呆呆地躺在猪圈旁的麦秸垛上，虚着眼睛看太阳，看那些白云。虚眼看太阳就仿佛是看一幅幅西洋镜，摁一下左眼角，变出一朵南瓜花，顶一下右眼睑，变出一朵丝瓜花。那些云在光晕里自恋地变幻着模样。一会儿是梳着长辫翩然的女孩，一会儿分散开去成了一只活泼的狗，一会儿又聚拢成一头水牛，在蓝湛的湖水里露出一对弯角，甩着长毛尾。旁边的猪饿得嗷嗷地叫，我也不觉得刺耳，不去理会，只顾看太阳，看那些云，只顾想母亲讲的挥舞衣袂、仙气飘飘的七仙女与董永的故事。

后来，我索性养了条狗，它成了我最忠诚的玩伴。狗是从外婆的邻居家偷来的，全身的毛白得如雪，我叫它雪儿。雪儿是老百姓家的狗，不欺穷，对衣衫褴褛的乡亲摇头甩尾，像迎接自家的亲人。不像有些狗，嫌贫爱富，仗势欺人。我们形影不离，我看云时，它睡觉，我睡着了，它却在我身边闹。

我有时竟妄想去追逐茶山顶的云。我和雪儿一路撒丫子地狂飙到茶山顶。云没跑，慢悠悠地挪动，却总比我高一大截。雪儿伸着红红的长舌，呼呼地喘着气，我也累得仰躺在地，喘着粗气。我揪着它的耳朵："憨包！憨包！如果云知道，定要把我笑。"它舔得我一脸唾液。

畅享着柔顺的风，柔美的云，柔和的阳光，柔软的麦秸垛。我庆幸，我是雪儿陪伴着在麦秸垛上自由长大的孩子。

我站在山冈上，凝望着茶山顶上依然矗立的祖先的坟头，俯视着柏林沟的水静静地流向汤溪河，似有千言，却又无语。一阵山风拂过，我耳边仿佛响起了嘎吱嘎吱的声音，我眼前仿佛浮现母亲用膝盖顶着箩筐、手摇着风车的情景，她冲我唠叨："你这小猴儿，又在做么子白日梦？"

"茶山上……飘过……几朵云。"我哽咽着回望。

任时光老去，老家从未老。茶山依旧，白云如故。

柏青，老家。柏，白也。青，亲也。

灵魂摆渡者

他是一名遗体接运工，俗称运尸工，雅称收殓师。他行走在生命最后的站台——殡仪馆。坊间传言，从事这个行业的人，命要硬，心要狠，情要绝，非一般人所能胜任。因此，我对他始终保持着几分敬畏。

他除了接送本地逝者到殡仪馆火化或入土为安外，还常常驱车几百甚至上千公里，远赴他乡，运输逝者的遗体回归故里。树高千尺，叶落归根。这是中国自古崇尚的殡葬传统。所以，他承载的并非仅仅是一具尸骨，更是逝者灵魂的归宿。我觉得他的工作格外神圣。

他姓周，名高清，我叫他“清”。他讷言寡语，不苟言笑，身材魁梧高大，五官棱角分明，典型国字脸，鼻挺眉浓，眉宇之间透着阜盛的阳刚之气。他虽读书少，却特立独行，步入社会后在摩配厂做过车床工，开过长途营运车，后来进入殡葬服务业，一干就是七八年。

一次朋友小聚，大家正在谈笑风生，他的电话铃声骤然响起，大家的谈笑声戛然而止，目光齐聚他的电话。他接通了电话，隐约听见对方说到什么地方出差。“好，好的，马上来。”随着他应答话音急促地落下，然后就听见一阵呼呼啦啦的声响。他正狼吞虎咽地往嘴里塞饭菜，鲸吞般地往肚子里填。转瞬之间，额头上一颗颗豆大的汗珠，像雨后小蘑菇似的，突兀地冒出来，腾腾热气在空气里迅速扩散。不一会儿，他就大汗淋漓，满脸通红了，如同关公复活，整个人就像一座即将喷发的活火山，仿佛体内蕴藏着无限巨大的能量。不一会儿，两碗米饭颗粒归仓，一盘牛肉丝毫不剩，全被他倒进胃里。接着，他重重地搁下碗筷，右手抓起几张餐巾纸，往嘴上使劲抹了一圈：“走了！你们慢慢吃，慢慢喝！”扔下几句简短的话，他风风火火地夺门奔出，绝尘而去。我看得瞠目结舌，惊愕不已。

后来才知道，他是要到福建出差，去运一个工地意外坠亡者。他与同事两人轮流开车，连夜火速赶往福建，接着又马不停蹄往回赶。当我再见到他时，他满脸的疲惫，耷拉着眼皮，眼圈黑得如涂抹了一层浓浓的墨汁，眼神涣散。出于职业的操守，出于对逝者的尊重，他一般都会对服务对象的细节守口如瓶，但这次他却主动倾诉：“昨天那年轻人可惜了，才二十几岁，刚到工地一个月，不小心滑倒，从十几楼摔下去，当场就……”

我也不想多问，随便回一句：“这么年轻，一定补了不少钱吧？”

“嗯，不少，一百多万。”他淡淡地回答。

我突然感觉不该如此问，赶紧圆话：“也算对他父母有份补偿，养老不成问题。”

“可惜人没了，钱再多也不值。”他边说边摇头，脸色更沉重，说完叹了口气，惋惜中有些无奈。

平日，所有朋友都刻意避免谈及他的工作，因为大家都为找不到一个适合的词来介绍而发愁，一旦提及“死人”“尸体”“殡仪馆”等词汇，总会令人怛然失色，难免尴尬。朋友们更忌讳去乘坐他的运尸车，而我却乘过一次。

那是一个冬日傍晚，天空昏昏沉沉，寒风萧萧瑟瑟。为了蹭顺风车，没有注意标识，我稀里糊涂地爬上了运尸车。驾驶舱与储尸舱各自独立，中间隔着厚厚的铁板，铁板正中镂空，镶嵌约一尺见方的玻璃窗，透过窗口，扭头向后窥视，储尸舱显得空空荡荡，灰暗的光线里，一口四轮可移动的冰棺赫然停放在中间，格外刺目。明明知道是空载，可我依然忍不住脑补着各种令人觳觫的鬼故事情节：黑白无常，顶着高帽，露着长舌；孤魂野鬼，惨白的长衫，散乱的长发；青面獠牙，张牙舞爪……我顿觉阴气弥漫，冷飕飕的、暗沉沉的、阴森森的，一股凉风从尾椎瞬间蹿到了颈椎，穿透整个躯体，寒毛陡然直竖，我不禁打了一个寒噤，脖子像扭转到极限的弹簧，嗡地一下回弹到前方。

我瞥了他一眼，怯怯地问：“你……真的……不怕吗？”

“哪有活人怕死人？不怕。”他若无其事地专注地开着车，而我却如坐针毡。

“我一年送走的亡人就有两百多，老的、少的、男的、女的、寿终正寝的、病死的、意外夭折的，什么样的都遇到过。”他面不改色地讲述着，我从未见他如此健谈。

无边的黑夜里，他驾着白色的运尸车，如幽灵般在公路上风驰电掣。我的手心早已湿润，但也只能故作镇静。他好像察觉到了我的恐惧。

“你莫怕，用力呼吸，憋住气，使劲握住拳头。”他似乎经验十足，又充满自信。

“这有用吗？”我疑惑又期待地望着他。

“邪不压正，正气强了，管他么子厉鬼邪魔都会逃得远远的，不敢近身。”他说着，坚定地看了我一眼。

我试着按他说的，先深深吸一口气，然后屏住呼吸，双手紧紧地攥成拳头。顿时，感觉浑身紧绷，血液沸腾起来直冲脑门，我好像被注入了强心剂，通体充满了力量，足以战胜一切邪恶，恐惧感瞬间得以缓解。

此刻，他高大魁梧的身躯宛如一座镇妖的佛塔，庄严肃穆、伟岸挺拔。

与他相处久了，听闻的丧事也多了，我反而在浮世里慢慢沉淀下来，对功名利禄，渐渐地多了一份淡泊，对生老病死，渐渐也多了一份从容。我懂得了：生要生得俯仰无愧，活就活出人模人样。阴阳相隔有何惧，但留正气满乾坤。

于我而言，他既是渡亡灵，更是渡生魂，脑海里倏地闪显几个字——灵魂摆渡者。

这名字好，终于为他的身份寻到一个贴切的称呼。

曾经烟火

时隔多年，那些关于乡村烟火的泛黄的记忆碎片，再次被我翻动出来，拾掇拾掇，竟况味依然，让我好生难舍。

土地下放，为山村注入了活力，令其重新焕发出生机。母亲迎晨曦，踏朝露，送夕落，踩残辉，辛勤耕耘来之不易的土地。虽生活劳苦，但家里逐渐拥有了饱腹的粮食，饔飧不继的日子一去不返。母亲心里的石头也终于落地，再也不用担心我们被饿死。

穷人的孩子早当家，我三四岁已能帮母亲分担一些诸如刨洋芋、攒火这类小家务。我特别乐于攒火，因为借攒火之机可以“玩火”，偶尔能吃到“菜板肉”，还可顺带烧烤一些食物，如：烤红苕、烤洋芋、烧苞谷等。它们无不散发着浓郁的烟火气息，简直是人间美味。即使蹭得满嘴漆黑，烫得双手直甩，也在所不惜。

攒火，可是技术活儿，讲究一个“空”字。灶膛要空，柴下要空，切不可贪心。灶膛里添加的柴火要适当，塞满了就不通气，不易燃。硬柴搭架子，毛毛柴引火，生火自然快。这些都是母亲面授口传的。晴天较为轻松，雨天就恼火了，烟囱像被堵塞了似的，浓烟一个劲儿地向下倒灌。灶屋里烟气弥漫，熏得泪盈满眶、眼都睁不开，呛得呼吸急促、咳嗽不止，稍有不慎，就会给你勾勒个“熊猫眼”或画个“烟熏妆”。

乡亲们把干透的稻草、麦秆、松针、丝毛草等柔软易着火的柴火统统都叫作毛毛柴。毛毛柴“笑点”极低，一旦触火便放下矜持，即使在没有明火的火炭上也仅沉默片刻，马上就忍俊不禁，哄堂大笑，笑成盛绽的一束束火花。火花仿佛是跳起了蒙古舞，豪迈、热情、奔放。它兴奋地呼呼地喘着气，一会儿就偃旗息鼓了。

那个年代，乡亲们烧不起煤，更没有液化气或天然气，柴火是主要燃料。于农家而言，柴火就是财富的象征，值得炫耀。劈成长条的枯木，绾成小捆的树枝，分别码在门外的房檐下，纵横交叠，整整齐齐。它们属于硬柴，比毛毛柴经得起烧，就是脾气倔强，不肯轻易着火，总要毛毛柴来挑逗，它才羞羞答答地跳起华尔兹。“吱——吱吱，啪——啪啪”，边跳边哼唱着圆舞曲。曼妙的身姿轻盈起伏，火裙抖动，似苗族姑娘的大摆百褶裙，火舌摇摆伸缩，若吞吐着的蛇芯子。

儿时，我特别喜欢耍弄燃烧的树疙蔸，目睹它一步一步羽化升仙。树疙蔸虽明火小，却暗自热闹。树疙蔸不唱不跳，低调、温厚，极熬火，也极难将就。最好先用枯炭过火，然后用竹子做的吹火筒使劲吹，有时吹得上气不接下气，待表面由褐色变红，才算烧着了。烧着的树疙蔸一直红脸许久，表皮才开始白化，接着慢慢呈方块出现裂痕，像通体红透的鸡血石，然后静静地烈烧，直至方块逐渐收缩，一块块地剥离，最后继续白化成灰烬，大部分落入凡尘，少部分长出翅膀，飘飘悠悠，随腾腾热气飞升登仙。我常常手执木棍拨弄火塘里的树疙蔸，凝望灰烬，幻想着它们飞到月宫，飞到太阳神殿。一蹲守就是半天，毫无倦意，暖和的热浪渗透全身，我一脸红润，身心都醉在温暖的火塘里。

这么好的硬火可不能浪费，多数家庭会在堂屋角落的房梁上垂下一根铁链，铁链底部穿钩，钩上挂着有盖且带耳的鼎罐，鼎罐下便是燃烧着树疙蔸的旺旺的火塘。

寒冬腊月，屋外大雪纷飞，寒风刺骨，一家人围坐在火塘前烤火。鼎罐里熬汤、煨饭、炖腊骨头风萝卜，香气四溢，满满的扑鼻的诱惑。母亲揭开盖子加盐或察看水量时，调皮的灰烬总会伺机钻进鼎罐内，我嚷嚷着："哎，哎！灰，灰！"幺舅却戏谑道："莫得事，作料，作……料，烟火的味道。"

是啊，老家的烟火，曾经的味道，终是不舍的记忆。最为难舍的当是外婆传给母亲的拿手绝活——烟熏腊肉。

母亲做烟熏腊肉的配方并不复杂，但过程很讲究。先将肉分层置于瓦缸里，放一层肉就均匀地抹上白糖、盐、茴香、白酒等调料，待有咸水渗出后，隔天依序上下翻转一次，以保证每块肉都能浸泡到咸水，腌制七天左右就可起水穿锚，锚子是用棕榈叶扭搓成的，麻花状，结实耐用。接下来，把肉挂于通风阴凉处晾着，直至水分沥干，千万不能置于阳光下直晒，否则极易变味儿。然后，把肉挂到专门的瓮子灶里，用柏树枝叶进行熏制，大烟微火熏烤三至五天。最后，把熏烤过的肉挂于灶台之上，利用灶膛的温度长年累月地烘烤，让烟火味慢慢地浸入肉质，形成独特的香气。灶台上空气干燥，肉不易长霉，存放两三年都不会腐败变质。熏制好的腊肉，外表黑如煤炭。清洗煮熟后，薄片切开，枣红色的瘦肉，若霞光一样鲜艳、润泽。肥肉晶莹剔透，油脂直冒，口水不禁滋滋地生、汩汩地流，令人垂涎欲滴，配以青红椒、粉皮或蒜苗爆炒，那可是难得的珍馐美馔，用乡里人的话说就是“套着你的舌头吃”。

母亲已去世二十七年。我再回故里，屋已坍，瓮也塌，田地芜草丛生。曾经袅娜的炊烟，曾经燃烧的柴火，全都消散在岁月风尘里。我们也终将如柴火一样，无论软还是硬，都将在人间的火塘里化为灰烬。有些惶遽，也想嗟叹，可全无用处。收拾好不舍，将所有的怀想打包，寄往远去的时空。

生命在梦想里放歌

生命因为有梦想而精彩，生活因为有歌声而灿烂。她用生命在纵情放歌，她用歌唱来诠释生命的真谛，她更把歌唱描摹成毕生的梦想。

红，一个矮小但纯情的女孩。她喜欢歌唱，因为在校园里演唱《我爱你，塞北的雪》而一举成名，同学们都称她为“小百灵”。虽时隔多年，但依然记忆犹新，“我爱你塞北的雪，飘飘洒洒漫天遍野，你的舞姿是那样的轻盈，你的心灵是那样的纯洁……”那声音清润、空灵、悠扬、甜美，曾经征服过多少颗躁动心。

红为自己的梦想努力着，但就在她一步步实现自己人生梦想的时候，天降噩耗。她被确诊患有乳腺癌，这个消息犹如晴天霹雳，给予这个年轻的生命沉重的打击。同学们可谓谈癌色变，都在为之哀叹，都在为之惋惜，都认为我们再也不可能聆听到她甜美动人的歌声了。我也为她设想着种种悲惨凄楚的结局。

然而，红的行动几乎让所有人感到惊讶。她并没有放弃，为了梦想，她默默地坚持着，抗争着，奋斗着。手术后的近两年时间里，她一边接受化疗，一边跟着乐队到处跑场。小城的乐队只为挣钱，所以无论红白事都会出场。她这样一个青春又有知识的女孩，为了自己的歌唱梦想，也跟着一起出入红白事的各种场合。即使自己身患重疾，她也毫不避讳。那些年，她不知走过多少泥泞的山路，不知熬过多少个漫长的夜晚，更不知面对过多少死人。可她从未害怕过，从未放弃过，她一直这样坚持把自己的歌声撒播到每一个需要的角落。

她用自己坚毅的行动描绘着梦想的蓝图，她用自己清甜纯美的歌声向世界宣示着她顽强的生命力。

几年前的一次不期而遇，红在言谈中所表现出的乐观、豁达与坚毅更是让我为之慨叹。

那是一场开业庆典的宣传活动。远远地我就看见了她，盘着时尚的发型，清新淡雅的装束，脸上洋溢着甜美的微笑。我心中顿时产生一种疑惑，这就是当年身患癌症的红吗？正在我纳闷之时，红也看见了我，她主动热情地向我挥挥手道："老同学，你今天是专程来听我唱歌的吗？"

她的问题让我措手不及，我只得连声回答："是，是，是。"

虽然她那略显唐突却自信的话语减轻了我先前的疑惑，但我还是不解地问："你的病都好了吗？"

我话音刚落，她微笑地望着我，紧抓我的眼神："病，你看我像有病的人吗？那点小小的癌细胞算什么，早就被我拳打脚踢给赶跑了。"她神情那样阳光，言语那样轻松，连我也感受到了神奇的力量，完全没有了怀疑，仅存佩服与敬仰。

“我要上台了，我们一起分享我的歌声吧！”说罢，她迈着轻盈而坚定的步伐，依然面带微笑，登上了铺满了红地毯的舞台，舞台前边盛开着色彩缤纷的鲜花。

她身着雪白飘逸的长裙，立在舞台的中央，唱着那首熟悉的歌：“我爱你塞北的雪，飘飘洒洒漫天遍野，你的舞姿是那样的轻盈，你的心灵是那样的纯洁……”此时此刻，她宛如一朵圣洁的雪莲花，亭亭绽放在雪山之巅，高唱着梦想之歌，享受着生命之乐。

撑花儿

它通常是百姓遮阴避雨的工具，也曾是古代帝王仪仗的饰物，还是戏曲、歌舞、杂技等艺术领域的表演道具，甚至是特殊的兵器，更为许仙与白素贞演绎动人心扉的曲折爱情故事充当信物。

它就是伞。

伞，一个造型栩栩如生的象形字，表达简洁。但是，我却固执地喜欢它的另一个名称——撑花儿，也只在我的家乡川渝两地的部分区域这么称呼，外乡人可能疑惑不解，但不必用异样的眼神来看待，我觉得这如同文人雅士的字号一样，伞是它的本名，撑花儿更像是它的艺名。

撑花儿——多么诗意的名字，多么浪漫的韵味，洋溢着动感和灵性。从文字表面即可想象开去，撑开一朵花的意境，该有多么的婉约、迷人。闭眼而思，眼前仿佛出现一双纤纤玉手，一手握住伞的柄尾，一手扰杆，轻轻向上一推，纤细的手指在胸前划过一道柔美的弧线，像一位资深的指挥家挥动的手势，姿态那么优雅、温婉，紧接着一朵花便盈盈地笑开了，在雨里，在阳光里。

营造如此淡雅清新的意境，完全得益于“撑”与“花儿”的融合。一个“撑”字，似有金玉撞击的珑璁之音，又有女子娉婷婀娜的柔美之形。一朵“花儿”的绽放，娇艳欲滴，暗香浮动。于是，铿锵、柔美、娇艳、暗香几者交汇融合在一起，真可谓珠联璧合，相得益彰。

倘若是靓男俊女，一个“撑”的动作即可激荡起万种风情。不是吗？你看那一双白皙的手，如莲荷般娇嫩，每寸肌肤都透着沁人的馨香，每个指尖都缭绕着高贵、浪漫、娴雅，撑开的花儿，一朵朵，洇在雾雨朦胧里，缤纷了雨滴，或是亮在温煦的艳阳下，装点着大地。

这一“撑”，倒让我忆起徐志摩来，犹如是他撑一支长篙，向青草更青处漫溯，在康河里寻梦！这一“撑”，也让我忆起戴望舒笔下结着愁怨的姑娘，仿佛是她在小巷里撑一把黄色的油纸伞，黑瓦、灰墙、青石板，全都被刻画进温柔缱绻的江南梅雨图。它撑开了一个绮梦，让多少人陷于其中，我也如是。

看来，营造一种富有诗情的意境，“撑”这个字倒是有特殊的功效。我真要为川渝乡土百姓高声喝彩，他们丝毫不逊色于才情横溢的文人，把这“撑”的韵味，把这“花儿”的气质巧妙融合起来赋予伞这样一件普通的工具，思绪的张力被刻画得淋漓尽致，简直出神入化。

然而，让我肃然起敬的并非仅此而已。李白曾慨叹，蜀道之难，难于上青天！川渝大地，山高峡深，自古生存艰难。在恶劣的自然环境里，父老乡亲们深藏大山，粗茶淡饭，简居陋室，却依然恬适安详，清苦的日子丝毫没有阻碍他们去追求哪怕一点生活的浪漫，即使打开一把伞也要撑开得诗意盎然。这是对生活的享受，对生存的渴望，对生命的尊重。

儿时的记忆里，乡村的撑花儿并无缤纷的色彩，桐油黄和黑色居多。桐油黄一般都是油纸伞，陈旧、乡土。黑色的是粗布伞，肃穆、单调。即便这样，要是哪家有一把撑花儿是值得炫耀的事，其他雨具一般挂在门外的墙上，登不了大堂，但是撑花儿都得收藏在屋内，唯恐丢失。

对于乡野村民来讲，干农活得随时双手配合才行，如撇开庄稼拾掇杂草、握锄头挖地、端簸箕掂去谷物的空壳等，都必须双手配合才可完成。因此，只能头戴斗笠，身披蓑衣，让双手空出来，干起活来也才顺手。撑花儿在这时往往就派不上用场，用得上它的时候大多在农闲的空当，或走亲串戚，或赶集，手持一把撑花儿，头高高地昂起，说话的声调也要高一个八度，满脸憨笑，春风得意。

可见，那时候的伞，多数时候是闲情之物，称作撑花儿，倒是更有几分文艺，更妥帖。

当然，伞于我而言有难以抚平的心结。我始终无法忘记母亲撑一把黑色的伞，立在泥泞的雨中操场边，默默地等着我放学，像一朵在雨中盛开着的黑玫瑰。是的，黑色，像自然界黑色的花一样，尽管象征着死亡，却无比珍贵。每次从母亲手里接过伞，都能触摸到她那粗糙皲裂的手，布满老茧，如马桑树的皮，似一朵干枯的黑玫瑰。好像是中了魔咒，母亲早早地离开了我们。如今回想，很多的生活情景都历历在目，可是，只能将所有的回忆浓缩成母亲撑着伞的雕塑，永远深藏在心里。

长辈们，在风雨中为我们撑开一缕温暖，在烈日下为我们撑开一处阴凉，在人生路上为我们撑出一条坦途。他们在我们幼小的心灵里播种下纯朴、勤劳和爱的种子，随着一个“撑”的动作，便盛开一朵朵仁爱之花，前传后教，永续继承。

如今，作为师者，推广普通话当是职责所在。但多年来，每次口头称它伞时，内心却一直固执地、隐隐地蹦出另一个名字——撑花儿。如此称呼，总是倍感亲切。而且，对那表面柔弱，伞骨子里却坚强的品性，对那撑开一朵花的诗一样浪漫的意蕴，我总是搁置不下淡淡的向往。所以，在当下烦琐、寂寞的生存空隙里，我偶尔情不自禁地轻缓地优雅地撑开一把素素的伞，沿着环湖绿道，去游赏山水亭阁，它如花般点缀我的生活，让枯燥的人生活色生香。

撑一把伞，开一朵花。人生，足矣！

山　魂

过几天就是母亲的忌日，我不由得想起了母亲。那些早已沉睡了多年的记忆又一次被唤醒，那些曾经充满神秘色彩的山头的名字又依依浮现。“老鹰岩”“白虎头”“狮子包”“牛头山”……每一座山都有一个名字，每个名字都蕴藏着一个故事，每个故事都凝聚着那座山的魂。

小时候，我特别喜欢听故事，可母亲一个人既要操持家务，又要照顾我们兄弟俩，还要忙于繁重的农活，对于给小孩子讲故事这种闲事根本就无暇顾及。只有村里召开会议时，母亲才会有空闲来给我讲故事。我听到的故事不多，所以就听得仔细，加上一遍又一遍的巩固，所以到现在还是依然记得。那些故事的主题全部都是与山有关的，几年间，母亲几乎将故乡的山头讲了个遍。据母亲讲，每座山里都有一个金宝贝，金宝贝就是每座山的命根儿，就是每座山的魂魄。如果哪座山的金宝贝被取走了，那座山就会立即垮掉。诸如：“老鹰岩”里有一根金扁担，像挑担子一样把整座山挑着；“白虎头”里有一只金老虎，它是一只凶猛的大白虎变的，镇守着那座山。几岁时母亲给我讲，我家侧旁的那个山头——“白虎头”的垮掉就是因为山里那只“金白虎”被钻井队的人给取走了。所以，儿时的我总是认为，每座山都是有生命的，而且山里必有一个神秘的金宝贝，它就是山的灵魂，就如同人的心脏，人没了心脏就要死亡，山没了金宝贝就要垮塌。也因为母亲讲授的那些神秘故事，我自那时起便对大山充满了敬畏。

从我上小学开始，母亲不再给我们讲那些故事了。可能母亲知道我们长大了，对以前那些编造的故事已没有兴趣了。但是，每年春天雨季来临之时，母亲都会带着我哥俩去屋后荒山种树。山上没有水，得靠母亲从山下一担一担地把水挑上山，每次都会在上山的途中歇好几次。她挖好坑后，我哥俩帮着扶一下树，浇浇水。因为母亲很看重这件事，我和哥不得不在母亲面前做得认真些。

直到现在，我对老家那片山坡的样子仍然记忆犹新：除了紧挨我家屋子前后各有一小丛竹林和几棵孤零零的果树之外，整片山坡再也找不到一棵像样的树，漫山都是茅针草，与那些青白相间的石头混杂在一起。春天还有些许草叶的绿色，可是，从秋天直至次年春天的到来，整座山布满了稀稀疏疏的黄毛疙瘩，就像是长了黄癣的瘌头，一片死寂，毫无生机可言。

每次去种树，总能听到母亲严肃而又无奈的叹息：“娃儿，这山的魂儿丢了，我们得帮它找回来。”

第一次听到母亲的话，我心里有些纳闷：不是说山里的金宝贝才是山的魂吗？难道这座山里的金宝贝也被盗走了？但是这座山怎么没有垮塌呢？带着一连串的问号，我问母亲：“这山的魂到底是什么？”

母亲没有正面回答我，她指着我家屋后的那少许点缀着荒山的绿色若有所思地答道："要是这漫山遍野都种上树，都长得绿油油的，那该多好。"

我还是不解地追问："这山原本应该有很多树吧，为什么就没了呢？"

母亲眉头紧锁，沉默了许久，脸上充满着无奈，她语气沉重地告诉我："还不是因为那一场风暴，几个月的时间就将整座山的树全都砍倒了。哎……娃儿，你还小，以后长大了就知道了。"当时，我听不懂，如云里雾里一般，多年后，我才知道母亲所指的那场风暴乃何事。

1983年，因为我和哥转学到一个小县城读书，我们母子三人便搬迁到父亲那里，所以，母亲带着我们种树的事也只坚持了两年左右，虽然所种的树并不是很多，但也给那座光秃秃的荒山增添不少生机。以后的日子，我们一直都住在小县城里，老家的房子也卖了，极少回去。但母亲还是时常惦记着，偶尔还自言自语："那些树一定长得很高很粗了，不晓得那片山是不是都种上了树？"

也许是命运早就注定的吧，母亲一生都与大山有着割不断的缘分，不管走到哪里，总与山紧密相依。我们城里的房子就在五峰山下，遍山都是苍翠的松树和柏树，远远望去，密密层层的，近处还有一大片柑橘林，站在房子后面的阳台上，就可以闻到柑橘树叶散发的淡淡气息。母亲甚是喜悦，春夏之际还常常带我们去林子里采松菌，回家炖上一盆香喷喷的野松菌汤，那可是人间美味。虽然母亲后来身患癌症，但那十年是母亲一生中过得最快乐的日子。

记得我在读师范一年级时，有一次，我跟着母亲一块儿去林子里采野松菌。我见到一窝大大小小散布着的黄灿灿的松菌，有的仅有黄豆大小，像眨着小眼睛的精灵，格外逗人喜爱。我正准备把它们全部收入囊中，母亲却迅速拉住我的手，急切地说：“娃儿，别动！”我有些蒙了，不是来采松菌吗？为何又不准动呢？我正不知所措时，只见母亲弯下腰，小心翼翼地把几个大一点的松菌掰了下来，回过头冲我微微一笑：“这虽是大山对我们的恩赐，但我们可不能太贪婪，顶小的就留着吧！明天就会长大。”那言语中饱含着对山的感激与疼惜。此时此刻，我似乎明白了什么才是大山真正的魂。

遗憾的是，一年后，母亲因为癌细胞扩散，无法治愈，不幸辞世。在临终前的三天时间里，母亲一直都处于昏迷状态，没有留下一句遗言。家里人为了母亲的安葬地有些争议，有的认为要弄回老家去，有的认为就葬在五峰山脚下。但我清楚地知道母亲的想法，只要是在山上，只要是绿林遍布的地方，母亲都会喜欢。最后，我们选择了五峰山脚下那一片浓郁葱葱的松林——我和母亲曾经一起采松菌的地方。

出殡的那天，风很大，那片林子刮起阵阵松涛，松叶疯狂地呼啸，哨子一样清脆。也许那就是大山的呼唤，他们来迎接他忠诚的女儿。母亲的骨灰盒是我亲手抱上山的，也是我亲手落葬的，一个对大山充满着炽爱的生命，如同叶落归根一样，终归找到了她最好的归宿。

我也为五峰山庆幸，因为它拥有了最纯朴、最真诚、最崇高的魂。

平凡的守护

当天空即将褪尽最后一点光亮，黄昏欣然漫步于天际。云阳县滨江公园的人行道上，一对中年夫妇的身影映入了人们的眼帘。妻子轻轻牵着有些跛脚的丈夫，谈笑着徜徉于来往的人群，给这个寒意浓浓的冬日黄昏注入了一丝温暖。

“这两口子感情真好，几乎天天都手牵手地散步。特别是那个媳妇才耐烦啦，街坊们都称赞得不得了。”一位大妈津津乐道。

妻子名叫兰，丈夫名叫孟，十五载春秋让他们经历了生活与病魔的双重煎熬，他们的爱情却依然甜蜜如初。

1995 年初夏，他俩经人介绍而相识。几个月的接触，孟被兰的漂亮和贤惠所打动。而孟待人真诚、为人朴实、孝敬老人的品格也深深地吸引了兰，她坚信，这个男人值得她托付终身。当年 12 月他们举行了简单的结婚仪式，组成了一个幸福的小家庭。

婚后的前两年是他们最幸福和快乐的日子。兰在一所小学任教，孟在一家轮船公司上班，两人月收入有千余元，小日子过得殷实富足、有滋有味。虽然夫妻俩聚少离多，但他们彼此挂念于心，共同憧憬着这个家庭的美好未来。

结婚两年了，可兰一直没有身孕，夫妻俩有些着急了，于是就前往重庆多家医院检查，最后兰被确诊为内部多个器官病毒性粘连。医生告诫夫妻俩："必须及时治疗，在治愈前绝对不能生育，否则将会有生命危险。"医生的一席话宛如暴雨般向这个充满温情与期望的家庭倾泻而下，撕裂了他们共同构筑的幸福蓝图。

兰深感愧疚，忧心忡忡，情绪低落。丈夫看在眼里，疼在心里。他将妻子紧紧地搂在怀中，温柔地说："兰，身体最重要，你莫太着急，一切都会好起来的。"丈夫的体贴让兰倍感温暖。

在以后的几年里，孟陪同兰辗转多家医院寻医问药，花费几万元，终于治愈。兰主动而真诚地提出："孟，我们还是要个孩子吧！"丈夫听后却犹豫了，经过一段时间的考虑，他毅然做出决定："兰呀，我们年龄都大了，你身体又不好，如果出点么子事，我会后悔一辈子。没得娃儿也无所谓，只要有你的陪伴，我就已经知足了，要娃儿的事以后再也不要提了。"丈夫的一席话，深深触动了兰的内心。她早已潸然泪下，心里悄悄萌生了一个念头："这辈子我一定要好好服侍他。"

原本以为夫妻俩能平静地过下去，可没想到事与愿违。

2003年，孟所在的轮船公司因经营不善而倒闭。孟失业了，家庭收入急骤下降。"那段时间，孟的心理压力很大，整天闷在家里不出门，还常常无端地发脾气。"兰回忆说。但是作为妻子，她没有因此而责备丈夫，反而安慰道："孟，这么多年，你风里来浪里去，我好担心。每次目送着你上船，我都默默地为你祈求平安。如今我们再也不用过提心吊胆地生活了，你也可以借此机会好好地休息一下，这何尝不是一件好事？”兰的理解和劝慰让丈夫的心情舒畅了许多。

“也许正是因为没有孩子，也许正是因为经历太多的苦难，让我们更加真诚相依，彼此珍惜。”与我交谈时，兰坦诚地说。

2004年春节刚过，丈夫就悄悄地在一艘从事个体运输的船上联系了一份工作，开始了打工生活。谁承想，一场更大的灾难正在悄然逼近这个历经磨难的家庭。

2005年12月14日晚，兰突然收到孟出事的消息，孟脑出血，正在湖北武汉的一家医院抢救，医院都下了病危通知书。她心急如焚，巴不得马上赶往武汉。但为了筹钱，她强忍心中那份悲痛与担忧，度过了那个难熬的夜晚。“当时接完电话，我完全蒙了，感觉天都快塌了。”兰回想起当时的情形，至今还流露出一丝恐慌。

第二天，兰火速赶往武汉。来到医院急救室，看到躺在床上一动不动的孟，她无法抑制深深的悲痛，跪倒在床前，紧拽着孟的手，泣不成声地哭喊着：“孟，我是兰。你答应要陪我一辈子的，可不能撇下我不管……”丈夫紧闭双眼，微微动了几下嘴唇却说不出话来，只看到大颗的泪珠顺着他的眼角流下，浸湿了枕头，也让妻子心疼。

经过医生奋力抢救，入院的第三周，丈夫终于脱离了生命危险。悬在兰心中的那块巨石也终于落下来了。在接下来住院治疗的一个月时间里，她寸步不离地守护在丈夫的病榻前，精心料理着丈夫的吃喝拉撒，喂他喝药、吃饭，像照顾小孩子一样。丈夫的病情逐渐好转，从不能动弹到能稍微动一下，再到搀扶着能挪动几步，这些无不饱含着妻子的关爱与辛劳。孟满怀感激地说：“兰是我的精神支柱，要不是她的鼓励，我早就垮了。”

2006年2月初，孟出院了。虽然保住了性命，却留下偏瘫的后遗症。医生说，只要能坚持药物治疗，再配以康复训练，能使病情有所好转。“只要有一线希望，我都不会放弃，我相信奇迹会在孟的身上发生。”兰坚定地说。

在接下来的四年多时间，兰既要照顾孟的生活起居，又要做孟的家庭“理疗师”。每天下班后她就匆忙赶回家，为孟洗衣、做饭、喂他吃饭、给他擦身子、帮助他解大小便。由于药物作用，丈夫经常便秘，兰只得用手一点点地帮他抠出粪便，刺鼻的臭味熏得她干呕，饭茶不思。料理完家务，兰就帮丈夫做按摩。只要天气好，她就搀扶着丈夫到户外做康复运动。上下楼梯最艰难，她半搂半扶着孟一步一步地挪下楼，回来又得一步一步地挪上楼，每次都会费尽九牛二虎之力，累得气喘吁吁、汗流浃背。

目睹着丈夫的身体慢慢康复，兰满怀成就感：“孟现在已经能自己走路了，也能煮面条、热饭了，只是切菜还不行。不过，我相信以后肯定会更好的。”

“在这些年的风风雨雨里，你有没有动摇过？”我曾冒昧地问兰。她不假思索地回答：“没有，从来都没有。如果我抛下他不管不顾，那良心不叫狗吃了吗？”她的神情显得那样严肃而肯定。

我多次与兰交流，她都会重复一句话：“别把我想得好伟大，其实没得啥子，我只是做了一个妻子应该做的事。”话语如此平淡无奇，却向世人昭示着人性的善良。

因为爱情，她选择坎坷的人生；因为亲情，她兑现自己的承诺；因为人性，她坚守妻子的职责。经历那么多的磨难，他们却始终不离不弃，唇齿相依。这平凡里蕴涵了多么动人的力量！这平凡里透出多么绚丽的光芒！

金蛉子

文字历来都是苦行，几个小时，一气呵成。终于冲破三年黑暗的围堵，把卑微和着难以下咽的纠结，煎熬成慰藉心灵的一碗汤，喝下了！此时，心中飘过四个字——破茧成蝶。

——题记

我并不喜欢玩虫，唯恐玩物丧志。但是，有一种鸣虫，身形极为玲珑，它的声音，格外动听悦耳。以至于几十年过去了，它依然令我生起难以名状的忆念与不舍。

每当秋风乍起，秋虫便醒，蟋蟀、黄蛉、油葫芦、金蛉子等。“铃儿……铃儿……铃儿……”那声音宛如母亲摇篮边沿的一串金属铃铛，在微风中轻盈地摇晃，在秋夜里伴我安然入眠。可是，当时我并不知它竟有如此诗意而灵动的名字——金蛉子。

金蛉子从上一个年头的寒冬而来，不急不躁、泰然自若地赴这场生命之约。不在繁花似锦的春，不在热烈如火的夏，却将生命的起始定格在秋。春的热闹，与夏的喧哗，都不曾让金蛉子为之所动。它继续安静地沉睡，直到夏末才开始孵出，立秋前后，气温还颇温暖，幼虫便开始羽化，等待羽翼渐渐地丰满，它独特而精致的乐器——音锉和羽刮也就制作完成。金蛉子再也按捺不住激动的心绪，高亢地奏响了秋的赞歌，昼夜不停，乐此不疲。

后来，我工作的单位临近山野，偶尔也能在卧室聆听到窗外的金蛉子的鸣声。

时值秋节，众多鸣虫吹响了集结号，它们联袂打造了一个秋季的交响乐团。斑斓的秋叶特意铺好底幕，秋月为它亮起了射灯，秋风也来吹起了长笛。在我的世界里，金蛉子总是那个手执小提琴，被聚光灯跟随的主角。它仅仅用一个季节的时光就谱写出一段生命的恢宏，历经漫长的等候，理应在秋的萧瑟里独领风骚，可它执意与众多演员平分秋色。我似乎太狭隘了，因而倍感羞愧。

每每听到它的演奏，我便幻想起来：落叶跳起浪漫的炫舞，金蛉子摇晃着金铃，像远古的驼队穿越时空，满载秋的缤纷和香甜，深情款款，又像一位身着金色燕尾服的小提琴手，演奏着一首秋的老曲，优雅而至。尽管西风的笛声有些清寒，依然抵挡不住这只娇小鸣虫捎给秋的浓浓生机。

那音质是有魔力的，细细的、尖尖的，并不嘹亮，却很清脆，也不婉转，却极具穿透力。那曲调洒脱灵动，节奏明快，轻柔纯粹里露出几分劲骨，干净利落里渗着几分铿锵，穿透秋韵里的几分薄凉，奏出一个孱弱生命对季节的倔强。

静躺于床，闭眼凝神，我感触到一种味道在空气中蔓延，从鼻子里，从嘴里，从耳朵里，从每个毛孔，渗透进肌肤、血液，执拗而平缓，苍凉而挺拔。

当我迷醉在这生命力量的赞歌中，又时常忽略了一个残酷的现实。它在瑟缩的秋风里，挺起单薄的身躯，以枯黄的树叶为被，以干裂的枯枝为枕，抚琴高奏，充斥着落寞与孤寂。可是，慢慢咀嚼过后，又觉得如此孤寂的景致，那般佳绝的曲调，多么妥帖，堪称绝配。

常恐秋节至，总把金蛉忆。如今，在这钢筋混凝土的森林里，虽然物质充沛，却再也欣赏不到金蛉子的演奏了。它时常在秋夜里撩乱我的思绪，我总感觉少了秋天的气韵，少了生活的真味。我曾将自己的网名改成了“金蛉子”，手法虽愚拙，但亦可聊慰我心。

儿时的杂草丛，枯叶蝶、金蛉子……再也回不来了，唯有那倔强的力量刻在了骨子里，永远挥之不去。

陌生人，我也对你微笑

现代社会的飞速发展，使地理空间距离逐渐在缩小，相去万里也犹如咫尺，地球都可以被称为“村”了。可是，人与人的心灵却愈走愈远，虽咫尺却仿若天涯之隔。隔离的小区，封锁的校园，紧闭的家门，左邻右舍都形同陌路，一步之遥却老死不相往来，更何况大街上的匆匆路人。一道道相互忌惮、防备的墙就这样悄然地构筑起来，成为横亘在彼此间的深深的鸿沟，疏离了人心，冷漠了世情。

为了安全，我们的教育都在倡导孩子们拒绝与陌生人说话，更不能跟陌生人走，这样的引导无可厚非，也十分必要。但为何不能对陌生人付之微笑，以传达我们的善意？为何要吝啬那一丝笑容，失去营造每一个温馨的机会？

东方文明是含蓄而内敛的，要面对陌生人微笑，的确需要一定的勇气，有时候对方可能认为你是大傻蛋。曾经，我与大家一样，相逢也陌路，进户即闭门，各扫门前雪，老死不相往来。除了自己的亲属朋友，这个世界的其他人事好像都与我无关。一位同事回忆起十几年前，我们曾经共同教学一个班时的情景，我的那份孤傲让她觉得是多么不可理喻，同在一个班级教学，一年的时间，居然从未主动与她说过一句话，我自己都难以置信。除了个人感情原因之外，在单位上因说话过多而吃过不少亏也是重要原因。人与人之间缺乏必要的信任，彼此怀疑，互相猜忌，这个世界太陌生了，太缺乏人情味儿了。

人生的改变，往往就在某一个不经意的瞬间，它让你的心灵仿佛被雷电击中，剧烈震颤，那一刻，足以让人幡然醒悟，推倒固有的思想藩篱，重塑自我。

前年，岳父身患恶性淋巴瘤，我陪他到西南医院治疗，结识了一位病友，她的微笑改变了曾经的我。当时，突如其来的病魔让整个家庭蒙上阴云，本就不苟言笑的我因此而怏怏不乐、郁闷至极，但又不能让岳父看出，只能强颜欢笑，装着若无其事的样子。

在化疗后的十四天之内，病人十分脆弱，免疫力几乎为零，为防止感染细菌和病毒，病人都必须戴上口罩，所以，相互交流时，脸都被大口罩遮得严严实实，除了吃饭时，很难一睹真容。

第一次见到她的笑容是在一个中午，我走进病房，只见她靠在病床上，有滋有味地吃着，尽管化疗后有各种不适，在她身上似乎并没有呈现出来。见有人来，她习惯性地抬起头来。我霎时一惊，一对碧波般清亮的眼睛映入眼帘，如高原上的那片蓝，洋溢着淡淡的温馨。两片白里透着淡红的嘴唇像绽开的花瓣，可能是因为化疗的副作用，少了些许润泽。她嘴角微微上扬，弯成一弯月牙，弧线是那样柔顺、那样自然，像湖面漾起的涟漪，流星般地划过脸庞，迅速凝聚在纯净的双眸里，闪电般投射进我的心中。这一笑，虽无千娇百媚，却也足以激荡我的心灵。毕竟，我们素昧平生，毕竟，她身患绝症，我健康依然。可就是她，竟如此阳光、如此灿烂，我顿时觉得羞愧难当、无地自容。

以后的一段时间，我在陪岳父的同时，也常常与她聊聊天，鼓励她要坚强，虽然这是多余的，因为她本身已足够坚强。她知道自己的时日不多，强忍住疼痛，也不让家人担心，始终那么从容淡定，始终面带一丝微笑，不仅感动了我，也温暖了病友，激励了病友。可是，最终她还是走了。但我却感觉她的微笑依然留在病房里，也烙在我心上。想想，面对死神，竟可以如此坦然地微笑，面对生命的终点站，竟能以如此优雅的姿态迈进，这得需要多么大的勇气啊！难道我就不能微笑面对一切，即使是陌生人？

微笑在任何时空都具有强大的感染力和穿透力。达·芬奇的名作《蒙娜丽莎》，因其如梦似幻、神秘妩媚的微笑而受到艺术家们的盛赞。原一平，一个相貌平平、才不出众的普通男士，因为其“婴儿般的微笑”，打动无数客户，而成为日本保险销售“大王”。泰国普吉岛的游客数量飙升，竟然是源于他们独特的旅游品牌——微笑。尽管战争那么残酷，让人性扭曲变态，可依然无法阻挡一名中尉拯救别人，他的生命定格在友善而崇高的微笑里。即使仇敌之间也能相逢一笑泯恩仇，化干戈为玉帛。微笑的力量如此巨大，我们还有什么理由犹豫不决呢？

现在，我走在街上，面对擦肩而过的陌生人，我都奉之以微笑，一个发自内心的真诚的微笑。不论对方是否回馈，我觉得内心深处充满着无限的善意，这是对陌生世界的宽容与接纳，心灵顿时变得豁达，像大海一样广阔无垠，像湖泊一样清澈透明，处处弥漫着沁人心脾的馨香，一切烦躁嗔怒都抛到九霄云外，整个身心和谐一致、轻盈舒畅、快乐幸福。

陌生人，我也对你微笑。希望你也能笑容常驻，欢欣每一天，别让冷漠成为离散我们的毒药，请你也献出微笑，把它传递成无声的语言。

微笑是一弯旖旎的虹！

微笑是一片绮丽的霞！

微笑是一缕温润的风！

微笑是一朵绽放的花儿！透散香气，让人迷醉。

微笑是一滴滚圆的露珠！纯洁剔透，浸润心灵。

微笑是一座沟通的桥梁！连接你我，跨越鸿沟。

陌生人，请接受我的微笑。

母爱之花在岁月里常开不败

清晨，缕缕阳光穿过玻璃般通透的空气，闪动着金黄色的清辉，铺满了整个农家小院。

母亲朱厚英早就开始了一天的忙碌。她把女儿张万英的轮椅搬到院坝中间，扳紧制动手闸，回到里屋，背着沉重的女儿，佝偻着背，艰难地一点点挪动脚步，每挪动一步都如负千斤之重，只听到她不停地喘着粗气，直到把女儿背到轮椅上安稳地放下。本来仅几米远的距离，对于这个年过古稀的老人，似乎变得有万里之遥。

每个阳光明媚的日子，背女儿到院子晒太阳已成为惯例。于女儿而言，能够尽情享受阳光普照的温暖，这是莫大的幸福。于年过七旬的老母亲而言，却是无比艰辛。尽管如此，朱厚英在四十四个春秋里仍然心无旁骛地坚守一个母亲对女儿全心的爱，坚守一个人对生命的尊重与呵护。

朱厚英，地地道道的农家妇女。她却拥有母亲最温暖的怀抱，最慈善的心灵。

当年二十五岁，朱厚英像所有母亲一样，藏匿了曾经美丽的羽翼，嫁到重庆市云阳县黄石镇中湾村一家农户，做了人之妻，当了人之母。还没初尝到做母亲的幸福，老天就将不幸降临到她身上。女儿张万英四个月时因病高烧，持续不退，大脑神经受到严重损伤。因地处偏僻的农村，医疗条件差，交通不方便，加之家庭经济困难，无力承担大医院高昂的费用，只能在乡村小诊所治疗，最终女儿落下了脑瘫的后遗症。女儿的疾病对这个本就不富裕的家庭，犹如雪上加霜。

朱厚英倍感绝望，多少个不眠的夜晚，她独自以泪洗面。可看着怀抱里的孩子，她自然涌动起作为母亲本能的疼爱与怜惜。她下定决心，决不放弃，永不抛弃。

女儿逐渐长大，病情也逐渐加重，因长期不能进行语言交流，智力发展停滞在幼儿水平。后来，女儿口眼逐步变得歪斜，手失去了知觉，不能行走，大小便失禁，吃喝拉撒全都得依赖母亲帮助，丧失了基本的生活自理能力。张万英的生活就仅仅局限在三个点——床、躺椅、轮椅，朱厚英变成了女儿的手和脚，支撑她在这三个点之间移动换位。

每顿饭，朱厚英都要用半小时，一口一口地把饭菜喂到女儿嘴里；每天早上帮女儿洗脸穿戴，背女儿下床到躺椅，入夜，又得背女儿上床睡觉；定期给女儿更换衣服、床单、被褥，女儿虽穿得普通，但没有丝毫异味；帮女儿接屎端尿，稍有疏忽，女儿就会将屎尿拉在裤子里，散发出令人作呕的臭味，母亲偶尔也会生气，但从未对女儿发泄；晴天，还得背着女儿到院子里晒太阳，来回搬动十分困难；每至炎炎夏日，要经常帮女儿擦洗身子，如果女儿卧床时间稍长，隔段时间就得帮女儿翻身，避免生褥疮。家里虽然一贫如洗，但拾掇得非常整洁。朱厚英说：“只要我活一天，就要照顾好娃儿，让她像人一样活着。”

女儿的智力虽低下，可生命的活力却盎然如春。母亲并没因女儿的脑瘫而放弃，无论处于怎样的状态，女儿在母亲的心中依然像天使般让人怜爱。四十四年，一万六千多个酸楚的日子，朱厚英饱尝艰辛，时常像照顾婴儿一样陪伴女儿直到深夜方能在困倦中入眠。她总是细致入微，耐心体贴，无论心里有多么堵，都不迁怒于女儿。张万英既是不幸的，也是万分幸运的，虽然罹患脑瘫，却遇到朱厚英这样一位慈爱耐烦的母亲，得到了比正常人更多的母爱。

每年冬天到来，母亲担心女儿着凉，总会在女儿身旁置上一炉枯炭，整个房间就升腾着暖和的空气。丈夫去世后，朱厚英肩上的担子日益加重，地里的农活和照顾女儿的所有事务全都由她一人打理，愈老愈觉得力不从心。尽管母亲力争形影不离地守护女儿，但偶发的危险随时威胁着女儿的健康和生命。一个冬天，朱厚英在灶屋里忙着做饭，女儿“嗷嗷”的惊叫声从外屋传来，母亲迅速跑出去，眼前的一幕让她怵目惊心，女儿扑倒在火炉上，膝盖顶着火炉，手触到煮着南瓜汤的锅里，膝盖和手严重烫伤。母亲立即到镇上买来烧伤药为女儿治疗，但伤口感染了，溃烂不止，看着躺在床上半呆半痴的女儿，听着女儿痛苦不堪地嘶声嗷叫，母亲的心里一阵阵撕裂的痛，她紧紧地拽住女儿的手，不禁泪如泉涌，失声痛哭。母女的哭喊声回旋在空荡荡的屋里。

到院坝里晒太阳，是女儿最快乐的事。女儿虽不能正常表达，但对阳光的渴望却异常强烈，每次在阳光下，她都晃动着脑袋，“咿咿啊啊”说个不停，脸上堆满了笑容，像被风霜打落了部分花瓣的花朵，虽残缺，可依旧色彩艳丽、灿烂可爱。朱厚英也总在这时候欢乐开怀，是她将女儿带离灰暗凄冷的空间，沐浴在温暖明净的阳光里。

朱厚英已是七十二岁的高龄，岁月苍老了她的云鬓，本该安享膝下儿女尽孝的天伦之乐，而她却坚守着母亲最无私的爱，宛如冬日的暖阳，宽柔地庇护着这个成年却依然幼稚的生命。邻里、亲戚劝朱厚英：“你已照顾她四十几年了，如今老得背不动了，送到福利院吧。”朱厚英饱含深情，舍不得地说：“她也是一条命啦！她是我身上掉下的肉啊！”声音有些哽咽，干瘪皱褶的眼眶里盈满晶莹的泪花。

又是一个阳光灿烂的日子，母亲陪女儿坐在院坝里悠闲地晒太阳。在这个农家小院，洋溢着浓浓的人间至情。女儿唯一能报以母亲的仅仅是一个憨憨的微笑。那便是母亲种下的深深的爱，如花一样灿烂地绽放在女儿的面庞。

雨中祭母

天未亮，夜茫茫，一个孤独的身影，伴着昏暗的街灯踽踽而行，雨丝飞扬，阵阵凉风掠过心房，残柳落尽了叶，光秃着枝，像我的心那样空荡怅惘，枯藤相互绕缠着似那解不开的团团乱麻，杂乱无章。明明早就计划好了，如今却不知道我要行向何方，明明走了十七段光阴，现在却不知道哪条路有多长。

黑暗中登上了一艘船，顺江而下，来到那个曾经谙熟的地方——云阳旧县城。

来到五峰山下母亲的坟前，斑驳的坟头石尽染岁月的脚痕，布满青苔，坟脊和拜台杂草丛生，枯叶垒叠，墨绿的松柏将那片天空捂得严严实实，似乎也有诉不尽的哀婉与惆怅。小小一堆黄土便承载了曾经鲜活伟大的生命，那里埋藏了我一生都无法抹去的牵挂，那里埋藏了我一世也难以修复的心痛和忧伤。

一只灯笼，两束提花，三色叶片，亲手插上，装点满目荒凉，寄托无限哀伤。其实，只是给予毫无支撑的心灵一点力量，仅以此慰藉一个儿子的念想。

轻轻地拔尽杂草，小心地清除碎石，闭上眼，俯下身，虔诚地跪拜于碑前，心中一次又一次默默地呼唤着："妈妈……妈妈……你还好吗？儿子来看你了，你能听到吗？"然而，谁都听不到，只有我自己感到那声音很长，很长，在幽深的林间凄然回荡……多么渴望能穿越时空，把这呼喊送到母亲的耳旁。

就这样跪着，跪着，好像觉着离得远了，于是向前挪动膝盖，只想靠得近点，再近点，恨不能将心掏出紧贴墓碑，让母亲摸摸她身上掉下的肉，让母亲看看儿子坚毅的臂膀，让母亲知道她的血液仍在继续流淌，让母亲知道儿子用生命传承她的希望，如果母亲黄泉下有知，她一定能听到，一定会知道。

抓一把黄土，慢慢顺着指缝漏下，像母亲的爱那样绵长，抚摸着青石上母亲的名字，深深刻痕沿指肚滑过，像心头一道道刀伤。长长地叹息，深深地凝望，泪水盈满眼眶，情不自禁地向岁月回溯、追忆、想象……

十七载春秋，十七个年轮，六千多个日夜，好像并不长，母亲的容颜依然那样清晰地浮现在眼前，那些美好与痛楚的往事仿佛就在昨天。儿子曾很不懂事，让您受了太多的苦，让您操了太多的心，让您悄悄流了太多的泪。是儿子颓废了那一段时光，时光定能为儿子重拾梦想，您放心吧！

我始终记得那个雨夜，为了防止房屋坍塌，您冒雨疏通屋后阴沟，我哭喊着在雨中寻您，我们母子在暴雨中相拥痛哭，泣不成声，那真切的呼唤响彻夜空，那爱的拥抱开化着儿子内心的蛮荒，至今想起心里都还阵阵酸楚，隐隐灼伤。那次，我深夜突发高烧，您背着我连夜步行十几公里路为我求医问药，自己竟累得倒下……太多太多的往事，太深太深的记忆，刻骨铭心，终生难忘。

美好的记忆不能回想，一回想就会泪满眼眶，痛楚的往事不堪回首，一回首便把心刺伤。可这一切，儿子万难忘却。母亲啊，您就是儿心中永恒屹立的墙，是儿身后支撑的力量。

临别时，雨点渐渐地密了，已看不到那高耸的坟头，只有雨点的声响越来越大，像是母亲抽泣幽咽地送别。

我站在船头，目光依然频频地回望，回望……滴滴热泪滑落在手背，滚烫，滚烫……无奈逝者已去，只能将怀念刻心上。待明年，五峰山下，母亲坟前，再来祭拜，再来疗伤。

扁担情

我的家乡在大巴山余脉一个偏僻的小山村。20世纪70年代后期，这个村交通闭塞，经济贫弱，山高坡陡，地薄田少，城里人都称那里为“夹皮沟”。

山村里祖祖辈辈的村民做啥事都得依靠肩挑背扛。村里流传着这样一首顺口溜：一出门儿，两条腿儿，扁担担儿，命根根儿。因此，家家都必须备齐了扁担、箩筐、箩角、撮箕、桶、麻绳这些用来挑东西的工具。扁担是这些工具中最重要的，它和其他工具相互搭配就可以挑不同的物品。每当记忆起家乡，每当记忆起母亲，那些熟悉的瞬间如同打开画册一样被一页页地翻开，那婉转于乡间小路的乐音又“吱扭儿……吱扭儿……”地开始在心中弹奏。

东方刚刚泛起微白，晨曦尚未露出地平线。我时常沉醉在梦乡之时，母亲早已开始劳动。母亲每天最早的任务就是挑满一大缸水，足够我们母子三人及牲畜一天的用水。我偶尔在睡意朦胧中隐约能听到扁担发出的“吱扭儿……吱扭儿……”的声音，还有水瓢轻碰在桶壁的声音，“叮当……叮当……”。起床后，我总能发现一条被水滴浸湿过的印迹，从屋外一直伸到水缸边，而水缸里则总是满满的一缸清水，像一面圆圆的镜子，映着母亲的模样，映着母亲的人生。那根专门用来挑水的扁担系着棕绳和搭钩，静静地挂在水缸边的墙上，有一股不屈的韧劲。

寒来暑往，春种秋收。为了我们的生活，母亲一年四季总是不停地辛劳忙碌着。每一粒种子，每一担肥料，每一桶水，都是母亲用肩一担一担地挑到田地里；每一根玉米，每一棵稻麦，每一个洋芋，都是母亲从田地里一担一担地挑回家。这些无不浸透着母亲的滴滴汗水与艰辛。有一年久旱未雨，我家仅有的三分稻田里缺水，泥土裂开了一道道指缝宽的口子，可秧苗正是生长时，不能缺水呀。眼看着秧苗快要打卷了，母亲心急如焚，硬是靠着自己的双肩，顶着炎炎烈日，从沟里挑水进稻田，才保住了稻子的收成。

农闲时，母亲常常挑上一些农产品，带着我去云安镇赶集。来回爬山要走三四个小时，但我却十分期盼去赶集。因为，卖了农产品，换来点零碎钱，母亲总会给我买几根油麻花，外加几颗水果糖，那是我印象里可口的食物。我也时常在回家的途中撒撒娇，装出腿酸走不了路，显得一副可怜巴巴的样子，硬是拽着母亲让她挑着我走，母亲也总是娇惯我，如我所愿。我盘腿坐在母亲的担子里，嘴里边吃着美食，耳朵里边听着扁担“吱扭儿……吱扭儿……”声音，跟着母亲的步伐一颤一颤地，一晃一晃地。那洋溢的喜悦，那深深的满足，那浓浓的亲情，成为我童年最美好的回忆。

母亲挑着担子，迎来了东山的朝阳，踩红了漫天的晚霞，踏肥了我家的田地，挑香了满仓的麦稻，担绿了遍地的蔬菜，颤熟了我稚嫩的心灵。母亲用扁担挑起整个家的生计。那扁担一头挑着她面对现实的坚强，另一头挑着她面对未来的希望。

可能是太过于辛劳，母亲年轻的生命被无情的病魔夺走了。如今，母亲早已安息于九泉之下。她挑着担子颤悠悠地跋涉于乡间小路的情景、穿行于田间地头的情景却始终烙刻在我的记忆里，那“吱扭儿……吱扭儿……”的扁担声，宛如一首悠扬的小曲，依然飘荡在我脑海中，激励我在人生的路途坚毅前行。那根扁担，是母亲生命轨迹里的铿锵脚步，是隐藏在我内心深处永远挥之不去的疼痛。

扁担晃悠悠，悠悠似我心。

踏过水洼

在我居住的房前，有一条通道，由于当初施工未能平整的缘故，多处凹凸不平。倘若遇到降雨，路上便会散布深深浅浅、大大小小的水洼。

我时常在雨后伫立门前，目睹过往行人是如何路过的。所见情形如出一辙，大都选择避之。他们抑或踮着脚，弓着背，俯着身，双手提起裤管，择间隙而跃过，抑或从旁侧绕道而过，未曾见过一人能直接踏过水洼的。

我想他们的思虑是显而易见的，也是任何一个成人都明了的，那就是害怕这水洼会浸湿裤腿。避而远之，这习惯性的动作和顾虑无可厚非。但我心中却突发滋生异乎寻常的念头，为何就不能直接踏水洼而行进呢？记得儿时的我甚是调皮而性顽，曾立于如此的水洼中乱踏乱蹦，弄得全身湿透，污浊不堪，因而遭受母亲严厉地责罚。如今我将要重演儿时那一幕闹剧，却因我清楚地知道踏过水洼的后果而心生疑虑，惧而迟迟不敢迈步。呆立一会儿，才抬起腿来，小心翼翼地轻轻放下，顿时，水漫过鞋帮，穿透鞋缝，倏忽间就钻入鞋内，袜子开始一点点被浸湿，丝丝冰凉遍布脚底。那股凉意沿着神经一直传输到我的周身，不禁打了个寒战，此时退步还能不湿另一只脚，我这样犹豫着。但这样岂不是前功尽弃，犹如那五十步笑百步尔。于是，我毅然迈出了另一只脚，第二步，第三步……一步一步向前迈进，后来我索性抬高腿，猛地用力踏下去，顷刻水花四溅，湿透了我的裤管，湿重的裤管紧紧地贴着双腿，但我此时已忘却了一切，包括那些嘲笑与责罚。体内加速涌动的血液驱赶着畏惧和湿透的冰凉，只觉得全身有用不完的劲儿，一直奋力踏过这段水洼遍布的通道。回头望一望，如越沧海般的心境，我居然战胜了它，甚为愉悦。

我记起一位同窗女友，比我小，年二十，不幸摔断右腿而成了残疾，这无疑是在她未来的人生路上挖掘了一个巨大的水洼，她根本就没有选择跃过或是绕过的机会，唯一的选择就是鼓起勇气，直接面对，并把它踩在脚下，奋力地踏过去，毅然地踏过去。否则，她将被现实的巨坑吞没，深陷其中而无法自拔，那将意味着生命意义的彻底消亡。我少年时最崇拜的偶像是张海迪。她身虽残，志却坚，终究自学成才。她不失为战胜磨难、战胜自我，敢于踏过人生路上水洼的楷模。

一位哲人说过："没有体验的人生是苍白的人生。"面临人生的水洼，我们不能只是一味地逃避，要勇敢、坚决地踏过去。年逾古稀之时回味一生的足迹，你会自豪地告诉世人，我曾战胜苦难，我曾迈过坎坷，不是被磨难吓倒的懦夫。如果没有这样的体验，你的生命将如苍白的纸，空空如也。

第三辑

心烟袅娜

最是无言处

禅宗有个故事，佛祖在灵山会上，拈花一笑，是时，众皆默然，唯迦叶尊者破颜微笑。佛祖便道："吾有正法眼藏，涅槃妙心，实相无相，微妙法门，不立文字，教外别传，付嘱摩诃迦叶。"并把金缕袈裟和钵盂传与迦叶，迦叶得释迦牟尼的衣钵真传，禅宗即由此诞生。

佛祖"拈花"，那轻盈而柔和、逸动而优雅的姿态，蕴含着深邃的禅意。迦叶"微笑"，若含羞草般羞涩，莞尔或粲然，浅浅淡淡，却又是发自肺腑的真真切切。这是多么祥和、宁静、超脱的意境。

一个以动作启示，一个以神态应答，竟无片语只言，便完成禅意的心心相授，这不禁让我为之惊叹！我心中顿时产生了一种尴尬又真实的想法：原来，人间至情至痛、极深极美、大觉大悟，居然尽在无言之处。六祖惠能大师在《坛经》中也曾自谦地告诉世人，说自己目不识丁，旨在劝导世人勿执迷于语言，禅意的最高境界即是"无"与"悟"，不可言说，但却心领神会。

老子主张的“道”亦无形、无相、无言、无为，所谓大道无言即是。生活中，无处不是禅，无处不是道，禅道之极致便是无。最是无言处，内蕴最丰富。最是无言动人心，最是无言伤心泪；最是无言苦无涯，最是无言甜如蜜；最是无言情意浓，最是无言意已决；最是无言春色好，最是无言冷清秋；最是无言解真意，最是无言陌路远。

“诚于中而形于外，慧于心而秀于言。”这是我致力不竭的追求之一。我在语言的海洋里挣扎游弋，竭力汲取。我穷尽所有的辞藻，运用各种语气、语法、修辞格，调动全身情绪的感知觉，或摹状，或形容，或陈述，或抒情，力争以最为华丽又不失本真的语言来呈现自然与自己的世界，然而，总是感到言不尽意。有时候，我深深遗憾于自己的愚笨，羞愧于自己的拙劣，似乎是在鹦鹉学舌，拾人牙慧。有时候，我又觉得语言似乎很浅薄，世间许多的美好一旦经由语言文字的描述，便被削减了真实，枯槁了真容。

我并非抹杀语言文字的力量。记得海德格尔曾说，“语言是存在之家”。语言是人类智慧的结晶，更是人类文明得以传承的薪火。无言之处正是语言的极限点，因为我们的语言始终有表达的局限性，永远无法达到完美、极致的境界，如同无限小数一样，只能无限接近于真实。于是，对语言文字的切磋琢磨便成了人类永恒的求索。

花虽无语，芬芳于心；雁过有迹，挚爱无痕。花朵虽然不能言语，但怡人的馨香往往会默默地浸润心田。雁过总会留下痕迹，而挚爱之情，往往却无以言表，只能悄然无声地念想。恰如陶渊明所言，“此中有真意，欲辨已忘言”。

漫漫华夏史，上下五千年。多少令人悲痛至极却又欲诉无言的故事萦绕心尖。

亡国破家的李煜，身陷软监，孤独无依，满腔沉郁却无处话凄凉，形单影只的他独自登上西楼，不禁孤寂地吟唱：“无言独上西楼，月如钩。寂寞梧桐深院锁清秋。剪不断，理还乱，是离愁，别是一般滋味在心头。”沧海桑田，故国不堪回首月明中，历史早已淡去在岁月风尘里，但词人浓郁的家国情怀，于无言之中，用目极的清冷凄凉之景，跨越时空，让我怅然若有所失。

柳永仕途失意，恋人又即将离他而去，临别饯行之际，无心畅饮，含泪凝视，互握双手，纵有万般不舍，纵有千言万语，纵有满腹离愁，却也只能是：“执手相看泪眼，竟无语凝噎。”最是伤感竟无语，却是情深意绵密。

屡遭排斥贬谪的苏轼任密州太守时，结发之妻王弗已故十年有余，因怀念甚切，于一次梦中飞越千里返回故里，与亡妻相见。昔日于窗棂前梳妆的情景历历浮现，让这个深念旧情的诗人不禁黯然魂销，柔肠寸断，蓦然醒来，早已泪流满面，遂提笔写下千古悼亡的冷艳绝唱：“夜来幽梦忽还乡，小轩窗，正梳妆。相顾无言，唯有泪千行。”

并非哀婉、凄清才配得上无言的境界，热烈、缠绵的情思同样会焕发无言的烂漫情怀。

李商隐在写下“身无彩凤双飞翼，心有灵犀一点通”的诗句时，万万不可思及，后世利用他的诗句将叶叶联芳、心心相印的唯美唯妙的意境推向巅峰。人与人之间能够隔空感知对方的喜怒哀乐，心绪思愁能互通互联，却无须任何语言沟通，只在相互默念之间，的确神奇。虽然从科学的角度至今还找不到确凿的证据，但人们仍旧深信不疑。无论是最浪漫的爱情，还是最真挚的友情，或是最质朴的亲情，情至最深处便可心有灵犀。那一条贯穿于人与人之间的感情之线，胜于一切美妙的言语，这样的心灵默契总是令人为之惊愕，为之慨叹，为之动容。

南宋道人白玉蟾写过一首《怀仙吟》，诗中云："临风对月但无言，无言即是怀仙处。"更是把无言无语的境界描绘得仿若世外桃源，仙风道骨般的翩然安适，超然物外的缥缈，令人歆羡不已。

在文字的世界里，我尽情享受与先哲们神交的快乐，常常忍俊不禁，掩卷而笑，或艴然，或捧腹，或俯仰。如：苏轼诙谐幽默地调侃王安石"波是水之皮，滑是水之骨"，纪伯伦寓言故事里的第四个喝酒诗人的睿智讽刺。即使相距遥远，时空裂痕也无法切断我们心灵深处的交汇与碰撞。

其实，即使是陌生人，某些场景同样会让两颗不曾熟悉的心灵颤动同样的频率，相互沉默无语，但却心意相通。我在龙脊岭公园遇到一位清洁阿姨，她专注于扫地，丝毫没有发现后面来人了，我并没有催促，更没急于强行跨过，只是在她身后静立耐心地等候。在清明的晨曦里，她轻扬的扫帚忽而左，忽而右，划出一道道美丽的弧线，那姿势仿若佛祖手拈婆罗花以示众生般雅致，我竟凝望得出神。当她蓦然回眸，赠我以微笑，我也回赠以微笑。相互之间没有一句话，连一个字都觉得是画蛇添足。她那眸子若一片湛蓝的海，海里又好似映着一道绚丽的虹。焦黄的脸上布满皱纹，层层叠叠，沟沟壑壑，沐浴在曙光里熠熠生辉，宛如一朵盛放的金色芙蓉花，一褶一皱都散发着温润质朴的淳美。

最温雅的会意，只需莞尔一笑；最深沉的挚爱，只需默默守护；最动容的勇敢，只需静静承担。春去秋来悄然无息，花开花落亦在无言之中。正如大音希声，大象无形。最是无言处，胜却万千语。

聆听心的回响

我笃嗜在幽静的山谷里一人独行。不走平整、呆板的人行步道，反而选择黜黯之径，特别是落叶层叠就更好。如此便可聆听细碎的脚步声，轻盈而舒缓。鞋底擦过枯叶，翩眇而落，发出窸窸窣窣的声响，平和、细弱，却有种柔韧的力量。它若藤蔓般，一丝丝钻进内心，爬满整垛心墙，一颗浮躁的心迅速沉寂下来，似幽谷之兰，清寂，又若山野百合，淡宁。

道不清具体缘由，也许是烦腻了尘世种种纷扰，人到中年，渐渐变得喜宁静，好独处。

这种静，不仅仅是环境的安静，无嘈杂，无喧闹，更是心如止水，不带一丝情绪，不受外在滋扰。那是内心的安宁、平静，又略微有点寂凉。外部的景致超然疏淡，毫无雕饰，秉持原生态的本色，一切都显得那么自然和谐。

这种环境非常适宜独处，可以让人忘却一切烦恼，摒弃所有纷争，激发人的思绪摆脱平面的局限，以多维空间的形态展开冥想，超越感官的体察：品味小草的芬芳，触摸大地的色彩，凝视声音的奔跑，嗅闻花朵的绽放……

对于各种感知，它们之间并没有孰重孰轻之别，只是分类不同而已。然而，在文字的世界里，听觉却被赋予了更神秘的色彩。譬如：看雨，它显得直观，较为平实；而听雨，似乎瞬间变得立体，富于诗意，飘逸着灵动的气息。

古代诗人们有浓郁的听雨情结。“春水碧于天，画船听雨眠。”韦庄在春江碧水上，卧于画舫之中听那潇潇雨声，听的是一份闲适自在。“京国多年情尽改，忽听春雨忆江南。”虞集在淅沥春雨中，听的是对江南的思乡之情。

宋代词人蒋捷在《虞美人·听雨》中写道：“少年听雨歌楼上。红烛昏罗帐。壮年听雨客舟中。江阔云低、断雁叫西风。而今听雨僧庐下。鬓已星星也。悲欢离合总无情。一任阶前、点滴到天明。”于我看来，这应该是听雨之诗中极品了。蒋捷用跌宕起伏的笔墨，跨越时空，将少年的放荡不羁、中年的凄苦漂泊、晚年的孤寂落魄一一展现，于听雨的情境之中，写尽一生悲喜离愁。

在幽静中聆听，实在是曼妙无比。不仅限于足音，听心跳，听呼吸，听松听石听落叶，听浪听涛听大海，大概世间一切都是可听的吧。

李白在《寻雍尊师隐居》中这样写：“拨云寻古道，倚石听流泉。”他拨开云雾，探寻古老山道。行进间驻足，倚石静听，山间清泉潺潺而流。幽静、恬淡的意境跃然心间。

听，实在是一种难以抗拒的诱惑。

雪小禅的文字，清新淡雅、温婉秀美，犹如空谷跫音，柔和地沁润心灵。她在《听雪》里如此写道：“听雪，关键是在这个‘听’字，一下子就揪心了，就动人了，就安宁了。

“不，不是用眼睛，那还太直接。太直接的东西，就少了委婉的意境。

“如果是听，用耳朵，是用了心。用心的东西，就婀婀娜娜，就枝枝蔓蔓了。”

听，比看更委婉，听，是需要用心的。

先人们造字的智慧很让我折服。“聽”，洞明其意：听须用耳，且耳戴玉者方为真正的听者，意思是能倾听是被人尊重的。听，要用心，要一心一意。如果是面对面地听，还要用眼注视对方，以表敬意。

因此，懂得聆听，既是修身，更是修心。

禅宗六祖惠能在《菩提偈》中说：“菩提只向心觅，何劳向外求玄？”

是啊，何必劳累向外界求取玄机？只要心向光明，心向善良，心向美好，时常观照行为，洁身自好，时常聆听心声，清静心地，放下执着，放下羁绊，拂俗尘，除垢秽，就能不断滋养我们的性灵，增长智慧。

在深谷中漫步，突然兴起，我像小时候那样喊山，“哟呵呵……哟呵呵……”声音如同打水漂的薄石板在空气中传递，漾起涟漪，四处回荡，仿佛被时空拉伸，变得悠远、绵长。它接收山的峻峭、稳重；它吸纳水的柔软、细腻；它融会绿叶的清香；它沾染花朵的芬芳。当声音再次传回我的耳朵，进入心田，山水、花叶便一起浸入我的心灵，我也仿佛拥有了它们的品性。

空谷跫音，心之回响，我们人生的渡海之筏。

慢步人生

有时驻足街边，看川流不息的车辆，看行色匆匆的人群，感觉这世界实在太忙碌了。

在这个唯“快”的时代，我们的人生完全沦陷在速度的指标体系里，“快餐”文化随之兴起。家里很少煮饭了，吃外卖成为年轻一代的常态，家，已没有了人间烟火的味道。旅游也是走马观花式的景点打卡，人们不在乎赏景与人文，在乎的只是增加在人前炫耀的谈资。阅读也被浩如烟海的碎片信息所取代，神圣的精神食粮沦落为腥腻的“鸡汤”。书画、作文、音乐等“速成班”层出不穷，感情婚姻也被“闪婚”快餐化。甚至连动植物也难逃劫数，各种催熟剂、生长剂、激素药物的滥用，违背自然生长规律，片面追求速度和经济效益。

我们的生活完全被扭曲，人们尽其所能地走捷径，以图快。我们把自己的健康和时间全部卖给了工作，夜以继日、不眠不休，任何一个生命个体都经不起这样高强度的持续压力。人就如同陀螺般在时间流里被不停地抽打、高速旋转，进而迷失方向，迷失自我。当生命难承其重，意志必将崩塌。6月的一天，一位大公司副总裁跳楼身亡，一个鲜活的生命就此终结，再次刺痛了那些光鲜亮丽背后的伤疤。到底是什么让他万念俱灰，生无可恋？这难道不值得我们反思吗？

我想起了《小王子》里那个商人：他自诩没时间闲聊、闲逛，没时间胡思乱想，甚至连抬头的时间都没有。他滑稽地为属于他的星星计数，可一切只是自以为。我们讥讽他自欺欺人的自得其乐，嘲笑他毫无意义地瞎忙，鄙夷他贪婪的占有欲，可现实生活里如此之人还少吗？

人生这场旅行，不只是匆匆赶路，也不只是为了到达。欲望的脚步行走太快，灵魂就会落在身后。放慢脚步，享受生活的过程，欣赏沿途的风景，增加岁月的积淀，生命会焕发出陈年老窖的醇香。我们总觉得现在的水果、粮食、养殖的肉类都没有以前那么香了，主要原因就是生长太快，成熟期缩短，阳光、雨露、空气等营养成分的积淀不够。这些可都是生命所必需的养料，需要时光慢慢地积累、酝酿。

记得林清玄在回忆与诗人周梦蝶的交往时提到这样一件事：有人问周梦蝶为什么吃饭总是那么慢，周梦蝶回答道："不这样，就领略不出这一颗米和另一颗米不同的味道。"周先生是令人动容的，写诗比吃饭还慢，可谓精雕细琢，他朴素简约的一生，出版了两本诗集——《孤独园》和《还魂草》。

慢是一种心态，是内心的泰然自若，从容而淡定，宁静又祥和，以平常心对待身边的人和事，淡泊名利，不计得失，宽容而豁达。如周梦蝶先生一样，品出每颗米不一样的味道，把生活的每个细节过得精致而优雅。工作闲暇时，品一盏缭绕的香茗，听一曲舒缓的音乐；夜里安静时，读几页养心的文章，醒一杯浪漫的红酒；下班后，进行一段慢运动；周末相约亲人、朋友一起小聚或旅行，亲近自然，与云霞舞，与小溪流，与花草亲。正如林语堂所言：“让我和草木为友，和土壤相亲，我便已觉得心满意足。我的灵魂很舒服地在泥土里蠕动，觉得很快乐。”

慢并不是拖延，更不是懒惰，而是张弛有度，劳逸结合。“快”与“慢”如同两种风格迥异的曲，它们互为补充，无所谓对错、好坏，只应寻求一个最佳的平衡点。如果把人生比作心脏的跳动，那么“心动过速”和“心动过缓”，都是致命的病态。

柳永，在听烦了急管繁弦的快曲之后，开创曲风舒缓悠扬的慢曲，成为引导慢词发展的开拓者。他三次参加科举，皆落第，却以“青春都一饷。忍把浮名，换了浅斟低唱！”的心态逍遥于烟花柳巷。虽然他的颓靡生活不可取，但他傲视公卿、轻蔑名利、不屑入仕的心态却让他在科举失意后找到了心理的平衡，不至于一蹶不振。直到五十岁，他终登进士榜，姗姗来迟的幸福足以说明：人生真的是长跑，别着急，慢慢来。

以前，我在时间里奔跑。加班、熬夜、狂欢，佝了脊，秃了顶，风蚀了容颜。

现在，我在时间里漫步。阅读、吹曲、运动，怡了情，养了性，健硕了筋骨。

午后，听着刘欢演唱的《从前慢》，寻着木心先生的心迹，漫步于林间小径。一绺绺阳光，透过密密匝匝的树叶，落在青石板上，斑斑驳驳。我昂头，它又跳到我的眼球里，调皮地晃来晃去，我把眼睑眯成一条缝，眼里竟生出一朵花来，把心也开得恬淡、舒缓。好时光，就是用来慢慢度过的。

不要盲目只求快。快！你到底有多快？能快过时间？人的一生终究只是时光里暂坐的过客。

人生之短，夫复何求？唯愿余生无怨尤，桑梓田园，东篱炊烟，捻一段闲逸的时光，款步徐行，慢享清欢。

季节里的隐忍与勃发

岁月无形地逝去，所有的美好都物化在季节里：春花、夏日、秋月、冬雪。这让我们可以触碰到时光的一丝脉搏。

岁月在季节里曲叠成折扇，一折便是一季。季节更迭，仿佛折扇一折一折地展开，又一折一折闭合。在这开与合里，它渐次丰满，渐次圆润，而后，逐步苍老，逐步褪色。

季节就这样，在似水流年里轮回变迁，蹒跚前行，隐忍疼痛，尽尝悲欢离愁，犹知世间冷与暖。而我们逐流其间，贪婪索取，尽享它的赠予，无休无止，却早已熟视无睹，习焉不察。

人在季节里悄然消亡，季节在时空里循环往复。如果说季节有生命，一季也就三个月，今春已去，明春再来，已物是人非，明春亦非今春。所谓“桃花依旧笑春风”的桃花并非曾经的桃花，春风也非曾经的春风。正如赫拉克利特所言：人不可能两次踏入同一条河流。季节何尝不是呢？如此看来，季节的生命比人还要短暂。

当我独坐于窗前，屏息聆听，季节的脉搏似乎与我一起跳动。它的末梢神经，蛇芯子般触及我的感官，它就这样闲缓地向我走来。一些碎片在记忆里生长，长成似曾相识却又完全不同的模样。

春，既是蛰伏后的苏醒，也是湮灭后的新生。一棵小草的破土而出，那就是一场艰苦卓绝的战斗。它历经黑暗中漫长的隐忍蓄势，一点点向上，拱呀，顶啊，倾尽全力。娇嫩的肌肤与泥土，与石块短兵相接，若锥心，如刺骨，疼痛历历，呐喊声声，终究冲破一切阻挠，钻出地面，迎接阳光的拥抱。

因为一池清莲，让整个夏始终洋溢着清丽的气质。清莲昂然抽出，亭亭袅娜，仙姿飘逸，人皆歆羡，人皆效仿它的纯净。古有周敦颐、杨万里，今有林清玄、雪小禅，无以数计的人为之歌咏，“可远观而不可亵玩”，它是圣洁之物，永远都要抬头仰望。如若不是它在污沼之中的洁身自好，隐忍不沾世俗，恐怕早已被恶浊裹挟、吞噬。

蝉性之高洁，令人折服。它历经几年甚至十几年的隐忍修炼，只为一夏的嘹亮，最后还落得寒蝉凄切。其间饮露食汁，朝不保夕，一生要经过四次彻骨而痛苦的蜕变，堪称传奇。司马迁在《史记》中盛赞于蝉，“蝉蜕于浊秽，以浮游尘埃之外，不获世之滋垢”。

当秋风起，那金黄的银杏，飘洒一地，华丽、酷炫，不免让人陷入迷醉。可你何曾闻见枝的挽留、叶的不舍？那缠绵的惜别一样令人心痛。当我们惊叹于枫叶艳丽的红装，你又何曾体悟到枫叶浴火涅槃、焚燃之灼痛？

曾以为生如夏花，死如秋叶，是何等的绚丽与静美。但芸芸众生并不知夏花之喜与悲，更不知秋叶之伤和痛。因此，生死之事并非那么恬淡，并非那么诗意。

冬，一个隐忍的季节。它收敛了所有的浮躁，将世界笼罩在冰雪的圣洁之中。冰源于水，却坚于水。何故？因为它忍受了极寒，故而练就出百倍于水的强度。

梅花凌寒独自开，固然值得赞赏，但我更推崇北方的冰凌花，素有“林海雪莲”之美誉。它熬过严冬，挺住三九之寒，忍受疼痛，穿透冻土的禁锢，冲破坚冰的封锁，顶着凛冽寒风，把朵朵金黄怒放在冰雪之间。冰凌花，有风骨的花。

隐忍与勃发总是有惊人的关联。隐忍并非怯懦，并非退缩，只为蓄势待发，伺机而动，喷薄而出。人难道不是如此？人前强颜欢笑，人后独自舔伤。玉韫珠藏，只为十年一剑，韬光晦迹，静待东山复起。唯有在磨砺中成长，羽翼方可越发坚韧，意志方能更加刚毅。韩信甘受胯下之辱，勾践卧薪尝胆应是最好诠释。

时光不言，岁月不语。季节在自己的轮回中痛并快乐着。

我们亦当如是。

行走在人生之秋

一场雨，退却炎夏，冷落了月影。

一阵风，拨落繁花，愁了心上秋。

秋来了？秋来了。与寒雨伴落红一道，与冷月携霜风一起。如此这般，有些悲情愁绪，再也正常不过了。更何况，众多时候是自然的季节应和了人生的失意而伤时感怀。因此，感秋的诗词藻章浩繁如烟，大多陷于沉郁凄怆的悲秋色彩，更是情理之中，不足为怪。就这样，秋在历史的低吟、咀嚼与回味中被撇撇折折的方块字注解，遗存下丝丝缕缕的思念与牵挂，或是哀怨与悲愁，并将之渲染得更加迷离怅惘。

关于秋诗、秋词，我格外偏爱刘禹锡的《秋词》两首，犹爱第二首。

自古逢秋悲寂寥，我言秋日胜春朝。

晴空一鹤排云上，便引诗情到碧霄。

原因当然显而易见，刘禹锡一改传统文人墨客的低沉悲情格调，极力讴歌秋的激越、昂扬、明快的神韵，令人耳目一新。然而，最令我肃然起敬的却并非全来自诗意诗情与众不同，开创颂秋之先河，还因为创作诗歌时背后的故事。此诗是诗人三十四岁时所作。当时，他正值政治生涯春风得意之时，却因参与王叔文的永贞革新遭宦官势力打压排斥，被朝廷赶出，贬为朗州司马，其苦闷可想而知。然而，诗人并未因遭受严重打击而从此消沉，在这种背景下创作出激情四溢的奋扬之诗，足见其心境之辽远、之广阔。诗人的遭遇令我感同身受。他不为一时之得失而沦落，像一个英勇无畏的斗士，在逆境中拾起自信，扬鞭奋起，开拓人生的莽野，完成其刚毅、俊骨的人生塑造，不能不令后世为之推崇。孔子说："朝闻道，夕死足矣。"能够在人生的秋天，洞见一些事理，犹未为晚。

自然的四季春去秋来，寒来暑往，周而复始。而人生的四季却只能是单线行进，就像 100 米短跑，每一步除了奋力前进别无选择，不会拥有重新来过的机会，错过就永远失去。如果途中摔倒，唯一的补救措施依然是勇敢地爬起来，毅然前行。因此，人生这场远航，需要时时微调舵的角度，以免偏离正确的航向，需要时时维护航船的部件，以免沉舸覆舟。只要曾经努力过，至于结果，已不再重要，享受过程永远比注重结果幸福百倍，如此便足以心安。

人生之秋，已悄无声息地来临。我时时倍感身体状况不佳，记忆力衰退严重，似乎还有健忘症。梦想之路还十分漫长，忽然才觉得身体于己有多么重要。生活教会我懂得选择，懂得放弃。生命中有许多不必要的东西，无关的人、多余的物质等，必须舍弃。因此，我开始跑步锻炼，把部分时间用来投资健康，祈愿身心俱健。

人生之秋，让我感到一种莫名的恐慌。岁月流转无情，方才感到生命在游荡中被蹉跎。如今到了成熟收获的季节，回顾来路，满目苍白，一无所获，半载人生白白地流逝，时光被荒废在灯红酒绿里。人间走一回，总得留下点值得留下的印记吧。于是，我努力找寻散落在记忆里的残破的碎片，星星点点地拼凑组合起来，在键盘和鼠标上爬成不像样的文字。

人生之秋，亲人们老的老，去的去，才深切体悟到子欲养而亲不待的刺痛。回想母亲因顽疾早逝，可自己不争气，常惹麻烦，让母亲操心劳累，内心终有无法抹去的愧疚。而童年、青年时的挚友已然去了六位，更让人喟叹生命何其脆弱，何其短暂。不愿回忆，一回忆便是心酸，可往往还是情不自禁要去触碰那些伤、那些痛。如果可以，我愿舍身为剑，斩杀一段岁月，零碎成漫天白花，洒满你们走向黄泉的坦途。

人生之秋，正当中流砥柱。顶着家庭、事业的重任，繁重的包袱让我不能轻装上阵。可是，能给予我支撑的力量似乎在逐渐减少，自己也越来越感到力不从心。唯有自己可以信赖，那就携手自己的心灵吧，与己为伴，余生也不会孤单。

三毛对岁月的理解极其唯美。她说，岁月极美，在于它必然的流逝。我说，生命极美，在于它终将死亡。对于死，都不曾恐惧，对于活，又何惧悲苦。死都死得那么凄美，活更要活得绚烂。既不为苦难颂赞歌，也不为平庸做开脱，活着本身就是最伟大的。但是，我无力挽留哪怕一秒一刻的时光，我也无力控制生命的始与终。既然终将失去，失去就失去吧，何必哀婉叹息，也许岁月将为我开启另一扇窗，赠予我光明。三毛甚至带有几分残忍和无奈地说："出生是最明确的一场旅行。死亡难道不是另一场出发？"三毛用她的生命绘制了自己高洁的羽翼，演绎一场惊艳世界的生命之旅和思想的流浪。生命的结束都可能是一次新的启航，人生又有何时不可起锚扬帆？

秋天之后不是还有冬天吗？还有很长的一段路啊！为何不可重新选择，再次出发？我的人生之春已经被我涂鸦成灰暗的杂乱无章的线团，我的夏天不是被暴雨淋湿就是被烈火烧焦，反倒是在枯槁的秋天来临之际，我的园子里发出一片新芽，像菊，像三色堇，出乎意料。我很喜欢曾国藩的一句话："过去不念，当时不杂，未来不迎。"当下，我能做的就是严防野稗杂莠的浸淫，留住我生命里难得的一抹色彩，在秋的沉寂中积蓄能量，在冷月冰霜里去历练，去坚定迈向未来的步伐。

人生之秋，唯求衾影无惭，俯仰不愧。

跑步听书

坚持跑步六年了，户外跑步和放松走前后得两个小时左右，实在觉得应该同时做点什么。那就听听书吧，借以弥补曾经荒废的青春，于是，一边跑步一边听书的方式成为我生活中的常态。

听书，古已有之。古人叫说书、评话或评书等。说书人在专门的场地把自己嚼烂或没嚼烂的故事讲给听书人听。嚼烂了还好，不会咽着，也好消化，没嚼烂的，除有极强的催眠功效外，别无其他。但也得感激一代又一代优秀的说书人，因为有了他们，诸多经典方才得以传承。单田芳老师的说书是伴着我成长的，诸如：《三侠五义》《白眉大侠》《隋唐演义》《水浒外传》等。因为他嚼得稀烂，讲得生动，所以我吞了不少他的“口水”，却还乐在其中。

现在听书不一样了，我一般都是听原著，以确保原汁原味。各种听书软件琳琅满目，在当下快节奏的生活环境里，它们的出现，对人们如何有效充分地把时间利用起来，起到了非常积极的推动作用，功不可没。运动时、家务时、上班途中、厕所里……都可以听书，真是方便到极致了。因而，听书，是在为文化的传承开疆拓土，意义非凡。

我庆幸，早已将运动嵌入生活里，不可或缺，运动让我得以和健康的身体拥抱，享受胜于任何物欲的快乐。孔子言："行有余力，则以学文。"如今，我能将听书的习惯内化于生活，也算是锦上添一点花了。

从我听书开始，苏格拉底、柏拉图、亚里士多德、笛卡尔、塞万提斯、歌德……这些早已模糊的名字，又一个个在脑海渐渐清晰起来，缕缕原汁原味的书香慢慢地飘进心房：林语堂的《苏东坡传》《生活的艺术》，叔本华的《人生的智慧》，张宏杰的《曾国藩传》，《林清玄散文》，《汪曾祺小说散文精选》……

听书，很锻炼一个人的记忆力、注意力、理解力。对稍纵即逝的语音，得快速捕捉，加以理解，得全神贯注，稍不留神便断了语音与思维的联系。有时路遇熟人，打个招呼就错过了许多。囿于自己国学水平低，对文言听起来着实费劲，《苏东坡传》《生活的艺术》里涉及的文言基本上是囫囵吞枣，一知半解。对哲理深奥的书，我也感到吃力，诸如叔本华说："人生就像钟摆，总是徘徊在痛苦和无聊之间。"我始终觉得自己能超越这种现象，因为我的幸福感是那么浓，快乐时光是那么多。可是，我又无法用哲学的语言和思维来反证，此时方知自己的浅薄与无知。听书，虽可增长智识，但终究含有娱乐消遣的成分。若是做学问、搞研究，务须潜心精读，慎思、细研，以求甚解，方达彻悟。

另外，听书比较费时间，进度比阅读慢几倍，若非兼做其他事，尽量直接看书为佳。如果把听书作为初读筛选之用，也是有益的。初听之后，剔除浅显易懂、不感兴趣的部分。对有兴趣而不解的内容，日后再反刍、咀嚼，也是学习的粗精结合之法。

听书，也有看书不可比拟的优势。有的朗读者对文章理解深入，情感拿捏准确，声韵俱佳，再配以背景音乐，令我感到入情入心、怡然陶然。

金无足赤，世上哪有圆满之事，尽管听书有诸多弊端，但我还是乐于在跑步时听听书，正如林语堂所主张，“合适就是艺术”，于我而言，即使是消遣，听书也是我所喜乐的，是目前最合适的。

跑步时听书，文字通过我的耳朵融入自然，又通过我的眼睛得以幻化、升华，极度美妙。每每听那些闪动着灵性的文字，作者仿佛就在眼前，放射着睿智的目光，与我隔空神交。当我看到阳光，文字便在光线上舞动；当我看到石头，文字便在石头上镌刻；当我看到云，文字便腾着云上九霄；当我看到泥土，文字便在泥土里生长；当我看到一株曼珠沙华，文字便成了花叶之桥梁。此刻，不仅是我，我眼里的一切都具有了生气，都可以被教化。

听着听着，偶尔竟哑然失笑，频频点头；偶尔不禁哀婉叹息，摇头晃脑。引发路人尴尬地回馈以惊讶，一脸的莫名其妙。有时偶遇心动之章也会一见钟情，难以自抑，比如听舒婷的《心烟》时，她诗一般的散文气韵，搅动我的心瞬息翻涌起来，回家就迅疾下单买回了纸质原著——《心烟，秋天的情绪》。梁衡的《觅渡》、陈奕纯的《一毫米的高度》、鲍尔吉·原野的《大地雅歌》等书都是在听过之后，感觉写得特别好，再买的纸质书，仔细精读。

生活的幸福感并非只是来自金钱的多少，或地位的高低，或权力的大小。其实，幸福真的很简单。当我听书时，沉浸于对文字的理解，沉浸于对思想梳理，这是我对心灵的洗涤，这是我对生活的热爱，我感到幸福。听书，是一种生命状态的展现，或静水流深，或涓涓潺潺，或激浪奔腾。乐在跑步的欢欣里，沉在听书的韵味间，陶冶性情，提升修养，增长智慧，实乃无心插柳柳成荫的意外收获。

看书与听书，虽形式不同，但殊途同归。只要能吸纳书中之精神营养，为我们所用，浇灌我们日益干涸的心田，丰腴我们逐渐虚空的灵魂，又何必拘泥于形式？

跑步，是对幸福健康生活的实践。听书，是对自我精神的涵养。

跑步，赠我一个健硕的体魄。听书，予我一块清明的心地。

静待时光，不负流年。愿健康里开出花，愿心地里结出果。

跑步，听书，挺好！

逆光而行，向阳而生

我总是异于大多数晨练的人，热衷于逆光而行，将整个躯体沐浴在阳光里，让一丝一缕地温暖浸入肌肤。清晨的阳光虽不至于灼伤，但光线还是很刺眼，时常需要眯着眼，有时得低头躲避，偶尔得抬手遮掩。于这俯首抬手间，我感受自己存在的点滴幸福，也感受到阳光恩泽于我的莫大幸运。我常常沉浸在如此的自怡里，畅享清朗的时光。

而那些迎面顺光而来的人，三三两两，络绎不绝。抬眼即见他们幽暗变形的黑影，陡增几分内心的寒凉。远看面容，漆黑一团，近看还是晦暗不清，偶有稍清晰者，又呈冷凝呆滞之状，如一潭死水，无波无澜，实在是索然无味。然而，他们早已安常处顺，不以为然。

人生顺境，如杨柳风拂面，如杏花雨沾身，让人舒适愉悦。人生逆境不同，如阴风怒号，如浊浪滔天，让人感到泰山压顶般难以喘息。因此，人们总是喜顺恶逆，祈求人生诸凡顺遂，也是情理之中。可理想很丰满，现实很骨感。这也许只能是美好的愿景罢了。东坡先生说：“人有悲欢离合，月有阴晴圆缺，此事古难全。”人生漫漫，世事难料，谁能保证永远一帆风顺呢？

我经历过一段煎熬的岁月。那时，内心无比阴冷，像南极的冰，极厚极寒，绝望到无处获得一丝的温暖。我唯有每天迎向太阳，袒露胸，敞开心，让暖阳照亮我心灵的每个角落，我又获得了一点前行的力量。

在公园里，我见到一位年轻妈妈带女儿放风筝。年轻妈妈顺着风的方向，举着风筝疾速奔跑，跑得汗流浃背，气喘吁吁，可风筝依然死鸟般地被拖在地上。许多人可能会嘲笑年轻妈妈的荒唐行为，可又有多少人于顺境中陷落于平庸而不觉不察呢？人生顺风顺水固然是好，但是，如果缺乏逆境中的鞭策、警醒与磨炼，人难免就会“死于安乐”。逆风而行，纸鸢才能迎风而起；逆水行舟，航船方可抵达上游；逆山而攀，方能登上顶峰。不经一番寒彻骨，怎得梅花扑鼻香？

在摄影时，一般摄影者都会尽量避免逆光，特别是拍摄人物，因为拍摄出来是黑脸。但是，在拍摄透明或半透明物体时，利用逆光却可以营造出超常的艺术效果。逆光是针对被拍摄者而言，从拍摄者的角度看恰恰相反，逆光正好是向光，正面被阳光普照。于是，迎风向前、逆水行舟、逆光而行等词语的表达就闪烁出耀眼的正道之光。

我常常惊叹于向日葵对太阳的执着，在花盘绽放之前，它追逐着太阳的脚步而不停地转动，花盘盛开之后，便将方向定格在太阳升起的东方，一心向阳，日趋茁壮。我诚愿做一株向日葵，向着阳光奔跑，敞开心扉，接受阳光的洗礼。

小时候，每隔一段时间，母亲都会把棉絮摊开，在烈日下暴晒，边晒边翻面，时不时拿竹棍使劲抽打棉絮。我不解，便问：“棉絮，为什么要晒？为何要抽打？”

母亲说：“时间久了，棉絮里有很多的灰尘，而且会长霉，还会长虫子。晒一晒，拍一拍，灰尘、霉、虫子就跑了。”

呆望着黄迹斑斑的棉絮，我似懂非懂。

一到夜晚，躺在母亲刚刚缝好的被子里，一股浓郁的、阳光的味道扑鼻而来，棉絮蓬松如新，那一夜总是睡得格外香甜。

我们的心灵难道不是这样吗？活在世俗里，难免也会沾染各种杂尘，产生蛀虫。我们须躬身自省，砥砺笃行，经常把我们的心灵摊开在阳光下，晒一晒，翻一翻，掸一掸，祛除蛀虫，清扫杂尘。在清寂的夜里，我们也能嗅闻到心田散发出的浓郁馨香。虽达不到“本来无一物”的境界，但能做到“时时勤拂拭，勿使惹尘埃”，也算是功德精进了。

生命不止，历练不息。逆光而行，向阳而生。

素简韵味长

我尤为赞赏极素极简的中国水墨写意画。

构图极简，落墨不多，跳跃的点、舞动的线、层次感的面，或浓或淡，或深或浅，或疏或密，或枯或润，或虚或实，勾勒出一幅幅栩栩如生的水光山色，描摹出精致又独具内涵的花鸟鱼虫，空灵而俊逸，意境深远，韵味悠长。牧溪、倪瓒、朱耷……他们都曾独步于自己时代。

遗憾的是，我没有画家的神笔，只能将我所钟情的艺术融合进我的生活。想着就十分的美好，水墨写意的生活，简洁、淡雅、质朴，多么惬意，多么诗性。

素简是生活起居的粗茶淡饭，抱瓮灌园。不贪一餐，不奢一衣，陋室可居，物够其用，足矣。

素简是穿着打扮的清新素雅，拙朴自然。拒绝浓妆艳抹，摒弃妩媚妖娆。李白说："清水出芙蓉，天然去雕饰。"最美的一定是自然的，不加任何雕饰的。

素简也是社交圈子的去伪存真，披沙拣金。我们的生活中有许多不必要的应酬，不必要的社交。要学会取其精华，去其糟粕，该减则减，该避就避。钱钟书先生关于社交是有真知灼见的，他说："素是一切颜色的基础，同时也是一切颜色的调和，像白日包含着七色。真正的交情，看来像素淡，自有超越死生的厚谊。"素交，如饮淡酒一盏，如品香茗一盅，清淡里默默缭绕着润心浸肺的香气。

当然，素简也不仅是形式上的删繁就简，它也是内心的安宁、淡然和纯粹，不媚俗，不虚妄，云水禅心般空灵，烟雨清荷般幽远。只有承受风霜雨雪的洗涤，乐享阳光甘露的滋养，历经岁月的积淀，方能铸就从容淡定的风骨，任尔东西南北风，我自岿然不动。

素简更是晓通人情世故之后的坦然，游走于冷酷无情的现实而依旧觉得生活真味醇厚，绝非浅薄的厌世或逃避。正如凡·高、张爱玲的人生，"在这薄情的世界里深情地活着"。或许，这才是我们生活中应该摇曳着的姿态，应该树立起的信念。

我非常敬重诗人王尔碑，她为人亲切，没那么多繁文缛节，诗与远方是她一生的向往。她诗如其人，朴素自然，简洁凝练，含蓄隽永。如《墓碑》："葬你 / 于心之一隅 / 我就是你的墓碑了。"她晚年写过一首诗《观我》："人生五分钟 / 一分钟看月亮 / 三分钟看雾 / 最后一分钟，夕阳来了。"

素简如诗歌一样，是最简洁却最能经受岁月雕琢的语言。已过不惑之年的我，不再沉溺于外界的诱惑和滋扰。我开始调整饮食，控制社交，减掉了赘肉，戒掉了烟瘾，摒弃了虚名，远离了生命中多余的人。人到中年，最幸福的事莫过于拥有一颗素简的心，远离所谓的圈子，抱朴守拙，做素简的人，行素简的事，过素简的生活。平时看看书，动动笔，听听音乐，坚持运动，闲暇时就旅行，偶尔家人朋友小聚，却也落得清静、舒坦。

人生之旅充满太多的诱惑，要学会舍弃，懂得放下，回归本真，把人生绘成一幅水墨画，把人生写成一首诗，素素的、简单的，有意韵，又悠远，不亦乐乎！

醉在彩云梯

她在彩云之阳，她堪称阶梯之乡，她是生我养我的地方——云阳。每当提及她，我总能感到绵绵不绝的炽热的温度，我总会不由自主地给她的名字镶嵌上一圈明亮的光环。

她是名副其实的梯城。登云梯，靠巍巍磐石城，临浩浩长江，若大家闺秀，早已名扬四海。彩云梯，依轿顶山，傍澎溪河，若小家碧玉，乃后起之秀。云阳，既有江南小镇的水韵灵秀，又有峡江小城的峻拔俏丽。有山就厚重，有水就灵动。我就是喜欢这样依山傍水的小城和街区。

逛街，本是女人的天赋，于男人往往是噩梦。但久居山之城、梯之乡，早已练就了不俗的“腿功”，爬山、登梯、逛街自然是习以为常、轻松自如。今年暮秋，第一次仔细地闲逛彩云梯步行街，我竟心甘情愿、不知不觉地在那儿耗了大半宿而不思归处。

黄昏拂着软的风，我步行翻过木鱼包公园，金碧辉煌的景观灯光便从四面八方簇拥而来。它攻陷了我的感知，视野里全是绚烂，温润而协和，融融的暖意涌上心间。

一迈入步行街，我就仿佛坠入了星河。红、黄、蓝、橙……无数条绚丽多彩的光线投射到青石路面，融合叠加，交相辉映，宛若画家泼洒出的一幅巨大的五彩斑斓的意象画。那些光斑在跳跃，在私语，在调皮地躲躲闪闪。这里没有黑夜，夜在我的视线里闪着明晃晃的玻璃眼。满目灯光璀璨，满目流金溢彩，荡漾着时尚的闲情逸致，有点慵懒，有点浮想联翩。我以为来到了天上的街市，到处是耀眼的星星，摩肩接踵的仙子拎着马灯在闲游。那些新中式的建筑，那些流苏一样飘浮的光芒，又让我仿佛跌落在灯影摇曳的秦淮河，朦胧的视线里迎面走来一位亭亭玉立的水乡少女，扭动水蛇似的腰肢，挺起山峰般的胸脯。风情独具的彩云梯步行街，恰似这翩跹的少女，既有欲擒故纵的诱惑，又有浓情蜜意的点到为止，让人求之不得，却又欲罢不能。我漫步在彩云梯步行街，沉浸在真与幻的梦境里。

抬头仰望，一弯新月在夜空垂悬，光辉略显暗淡，比之步行街的灯火还是稍逊风骚。我不禁要问，不知天上宫阙，今昔是何年？你的寂寞怎比这人世繁华？

几个小孩子正在玩踩影子的游戏。他们在地面斑驳陆离的光影上又蹦又跳，欣喜若狂。目睹眼前嬉笑追逐的身姿，聆听他们恣意无邪的尖叫，仿佛时光倒流，我突然觉得自己变得年轻了，也可尽兴地疯，也可倾情地浪。

疯就疯，浪就浪。步行街，我就要用脚步丈量它的长度，去逛琳琅满目的小商店；我就要用唇齿触碰它的温度，去尝铺天盖地的小吃。最是人间烟火色，悦之无因动乡愁。如此迫切地渴望体验集市文化，不过是追忆不舍的似水年华。

步行街的小吃品种繁杂，制作细腻，香飘一街。炸的、烤的，冷锅、糕点、果脯、小零食……看得眼花缭乱，闻得垂涎欲滴，令人不舍移步，就像迎娶了一位贤淑又善解人意的姑娘，怎么都适合。她黏着你的嘴，拴着你的心，满足你味蕾无尽的欲望，让你的胃肠饱食人间烟火的滋味，真让人为之动心。小城的街市就是这么有情，与你舌味同步，与你呼吸同频。最让我惊叹的是那些栩栩如生的糖画，龙、凤、牛、蝴蝶、卡通人物……看不烦，吃不厌，脆在口，甜到心，简直是生活与艺术的畅享。

遍尝小吃，略感疲倦，于是就寻找一家店铺坐下来，继续胡吃海喝。彩云梯步行街，各类商铺云集。当然，我这个吃货只关心美食。云火锅、舟小渔、小八仙，这些名字听着就醉人，没吃一口，没喝一杯，仿佛就已迷醉得腾云驾雾，飘飘如仙。中餐、西餐，烧烤、汤锅、干锅……应有尽有，太多洋溢着文艺气息的餐饮店，不胜枚举。

蜀留香火锅串串生意火爆，室内宾朋满座，不得不在室外加席迎客。沸腾翻滚的牛油锅底，浓香四溢的清油味碟，配上小米辣、香菜、葱花、蒜蓉等调料，麻辣鲜香，麻得潇洒倜傥，辣得江河浩荡，像极了云阳人的性格——热情似火。而后再豪饮一扎杯啤酒，真是冰火两重天，怎一个“爽”字了得？

酒过三巡后，微醺意正酣。几位朋友一起登彩云梯。我们沿着花岗岩石阶，拾级而上，两边高楼的景观灯与路灯的光线铺展在石阶上，形成淡淡的光影。那些光影一道道地排列着，或宽或窄，时粗时细，若隐若现，像一架悬挂在心头的“彩云梯”。每迈出一步，我都小心翼翼，生怕踩碎了脚下薄薄的光影。踏着石梯，仿佛踏着层层渐变的云彩，如梦如幻。我恍然大悟，原来，人可以活得如同云一样轻，让躯体连同心灵一起在撩人的夜色里自由自在地飘，飘上碧落九霄去揽月摘星。

登上彩云梯顶端，回望身后，猛然发现几十层的高楼竟然与我齐眉，高楼上的闪烁的霓虹灯似乎触手可及。一棵蓬勃遒劲的榕树高高地耸立在平台上，那弯新月躲藏在茂密的枝叶间。远处，澎溪河的玉带碧水从彩云梯步行街的胸前静静淌过，如蚁的人流在古意与现代融合的街巷穿行。秋夜的静谧恬淡，街区的热闹非凡，两者契合得天衣无缝。此情此景，唤醒我沉睡的诗兴。我情不自禁地吟诵一首：

平湖秋月满弓弦，径可缘梯直上天。

醉舞霓裳悠入梦，醒来忽倚彩云边。

张爱玲说，因为一个人爱上一座城。也许，我是因为一道梯和一条街而更爱一座城。小城的街区，不是俗不可耐的喧嚣，而是恰到好处的热闹，彩云梯步行街的温度不高不低，刚好 38.6 摄氏度。还犹豫什么呢？把所有的纷纷扰扰湮灭在飞逝如梭的时光里，带上你闲适的心，与彩云梯步行街来一次梦幻而激情的相拥。

来吧！我在灯火辉煌处等你。

心境上的春天

春，深情地回眸凝望，伸纤纤玉手，依依恋恋，那离别不舍，似情人的痴缠。

然而，人生的四季又岂能总是风和日丽的春天？如果没有暴风骤雨，没有秋水寒烟，没有冰雪皑皑，那还要夏、秋、冬干什么？经历乌云蔽日，方知拨云见天的清朗；目睹万物凋敝，方知生机勃勃的鲜活；感受彻骨冰霜，方知艳阳高照的温存。正是逆境孕育着顺境的种子，严冬才是暖春的序曲。如何处之，乃心境所定。

面对自然环境，人渺小得有些可怜。面对社会环境，人时常显得无力。我们的心境永远无法逃脱现实的束缚。但我们是人，是有意志的人啊！我不相信人定胜天，但我相信人定胜己。人，活的就是一种心境。人生是否快乐，取决于自身心境是否明朗，心境不同，所见所感都会有不同的结果。同处一样的境况之中，有的人淡然，有的人怆然。下雨天，卖伞的会因生意火爆而兴奋，而洗车的却因生意惨淡而寡欢。即使同样的境况，不同的时间，同一个人的感受也会有所不同。心情好，我们觉得“落英缤纷香犹在，化入泥土亦芬芳”。心情不好，我们会觉得“山月不知心底事，水风空落眼前花”。都是落花意境，感受迥异，心情不同罢了。

有人将生活比作一面镜子，我觉得甚为贴切。生活就是每个人心境的反映。我们用笑靥以对，它就以微笑相迎，我们用悲苦相望，它就用忧愁回击。当我们无法改变生活时，就要懂得去享受生活。好像有些唯心，却不失为调节生活情趣的一剂良方。

当我们以积极乐观、豁达爽朗的心境去面对人生，一切将变得美好。即使面对那些在我们人生路途中设置过无数障碍的人，我们也会感觉到他对我们的益处。因为是他们帮我们擦亮了一双慧眼，是他们练就了我们坚毅的心智，是他们让我们变得更成熟、更练达。感恩那些帮助过我们的人的同时，也要感谢那些曾经伤害过我们的人。我曾经当过几年中层干部，因看不惯那许多肮脏交易，率性而辞职，虽然仕途受阻，但拥有了更多看书、练笔的时间，从此沉醉于文字世界，陶冶性情，净化心灵，提升自我，再不用陷于作假和应付检查的事务，正乃我之所欲，我之所求。这真要感谢某某领导了。

生活中哪里没有挫折，回首一切皆是过眼烟云，我们只需爽朗一笑。生活哪里没有误会，不必耿耿于怀，我们相逢一笑泯恩仇。不要让消极封堵我们的快乐之门，戴着“镣铐”跳不好人生的舞蹈。谁的天空还没有一点灰色？能抹去尽量抹去，不能抹去，也要将它深埋心底。冲破桎梏天地宽，江河湖海任我游。

我心如春，阳光明媚。我心如春，百花盛开。我心如春，处处皆春。

离歌轻吟

十八载春秋转眼即逝，又是一年盛夏。

叹惋时光，不仅苍老了我们的容颜，也苍老了我们的心。我本以为早已忘却那些曾经的过往，但一切都沉睡在记忆深处的某个角落，在这个盛夏时节却倍感清冷的孤夜，一幕幕熟悉的场景又神奇地浮现于脑海。

曾记否，癸酉早春初相识？朝霞里，你披着一头长长的秀发，宛若一帘黑色的飞瀑。你提着一桶水，在石阶上蹒跚而行。我主动帮你提水，你羞怯地冲我嫣然一笑，脸颊的酒窝便绽开了，辉映着朝霞的光彩，红晕在你的面庞泛滥开去。从那一刻起，每个黎明到来时，我都静悄悄地在初识之地等待你的到来。

曾记否，四方石野炊踏青？我们一起做餐，炊烟袅袅，香飘十里。我们一起爬山，相扶相携，登高远眺。我们一起躺在青青的草地，沐浴阳光，默闻芬芳。我们一起在绿原嬉戏，追风逐蝶，自由奔放。

曾记否，栖霞宫夜听松涛？我们一起搭起了野营帐篷，点燃了熊熊篝火，那火苗舞动着我们青春的旋律，映照着我们青春的倩影。我们一起屏息聆听阵阵松涛，时而像苍凉、哀婉的洞箫，时而像清越、高雅的芦笙，你却说，那是风儿与松林的对白，邀请我们也和上一曲。于是，我们一起放声高歌，任由歌声在松林间回荡悠远，欲与松涛试比高。

曾记否，乙亥盛夏诉离别？你眼角闪烁着珍珠般的泪滴，犹如叶尖轻轻滑落的剔透晨露，淹没在浮世尘埃之中。为了追逐你的求学梦想，你决然转身而去，空气似乎瞬间凝固，那段跳跃灿烂的时光，定格在你疏离模糊的背影。谁会在乎那不经意的滑落？谁能知露珠对叶尖的缠念？唯我所在乎，唯我所能知。现在，我也恍然彻悟，想要留却留不住才最寂寞，想爱不能爱才最无奈。

天下没有不散的筵席，世间总有诸多事与愿违。我们也终究逃脱不了时光消磨、生命错位。尽管我们虔诚地追逐，末了，还是要离别。可那毕竟是我们用一千多个日夜酿造的一壶清酒，岁月的长河淡去了曾经浓烈的味道，但又怎能全然抹去镌刻在青春记忆中的醇香。闲暇之余，偶尔独酌几盏，寻踪探迹，聊以慰藉。

烟花易冷春易逝，时过境迁人已非。如今，我们都已近天命之年，当年风月尚不在，一场清梦早已碎。这一切没有谁对谁错，或许只是强悍的命运篡改了誓言。盛夏光年，也不知遥远了谁与谁的距离？纵是繁花竞放，怎抵那曾经的离愁别恨涌心头？年华终将褪尽，青春尽数没落，仅存几抹残香，令人思绪萦绕，催人悲情嗟叹，空余恨，奈若何？唯愿低吟浅唱一曲悲婉的离歌，回赠那一段青涩而缤纷的岁月。

散了，散了

风在呼叫

云在喧笑

你极力按捺

但躁动的清风依然撩着你的发丝翩飘

你尽情伪装

可浓厚的乌云也遮不住你急速的心跳

别了，别了

你知不知晓

你从不知道

固然我身体很瘦小

但我真心想做你最坚实的依靠

虽然我是一株野草

可我真心想给你最芬芳的味道

…………

（注：四方石、栖霞宫均为云阳县地名。）

“开门放”与“关门打”

近日，我家鼠患频发，老鼠昼伏夜出，凡是家里能吃的，它们都偷食，弄得房间乱糟糟，最讨厌的是它们把电视数据线和鼠标线咬断多处。于是，我决定把窗户和门都关得紧紧的，准备来个“瓮中捉鳖”。

一家人严密戒备，可家中物品太多，老鼠利用各处缝隙与我们展开游击战。我想了很多招数，费了很多工夫，仍然未能将之捕捉。它们就这样一直潜伏在家里，东躲西藏，闹得一家人不得安宁。

一天清晨，我还在睡梦中，突然被激烈地争吵闹醒。

只听得岳母大声呵斥：“看嘛，昨晚老鼠把面条搞得满地都是。”

岳父在一旁嬉笑着回答：“我来收拾了就行了嘛，莫气莫气，气大伤身。”

岳母见岳父如此态度，更是恼怒：“看你那副德行，明明让你不要把窗子打开，老鼠没抓住，倒让你给放跑了，真是气死人了。”我在一旁没说什么，但心里力挺岳母，默默地埋怨岳父不应该放跑了罪恶的老鼠。

我以为岳父会想出什么激烈的辩词予以回击，可岳父不急不躁，娓娓道来："我是故意打开窗子的，给它们一个通道，让它们跑出去。"

我听了有些惊诧，岳母气急败坏，又吵吵了一阵才停下……

在所有人的责怪声中，岳父沉默以对，始终没表现出一丝气恼，反而满脸挂着淡淡的却又深奥的微笑，但他每天睡觉前一定先把窗子和门都关得紧紧的。

接下来的几天时间，家里再没有老鼠的踪迹。

于是，我也似乎从中悟得些什么。我开始佩服岳父，觉得他是一位真正的智者。

鼠害的确是非常令人憎恶，但事已至此，气恼也于事无补。在大家都处于"关门打"这种褊狭思维之中时，他能泰然处之，采取"开门放"的办法，这需要大度和宽容，需要洒脱与豪爽，这是一种豁达的胸怀。

面对乱象丛生的世界，面对波澜起伏的人生，豁达，也许是很好的应对法则。

反季节蔬果不好吃

前些日子，一次家宴上，临末服务员送来一盘水果和西红柿拼盘。最引我注目的是盘中的西红柿，它透身的红，在灯光的照射下闪动着诱人的光泽。我经不住诱惑，抓起一个径直塞进嘴里，迫不及待地一口咬下去，果汁在我嘴里四处溅开，然而，我好像是味蕾失灵了一样，感觉不到西红柿的味道，不酸也不甜，淡淡的，怪怪的，我皱起眉头，咽下了那个难吃的东西。我禁不住心生疑窦，这是西红柿吗？

回家的路上，我才恍然明白。寒冬时节，怎么还有西红柿，一定是大棚温室里种出的反季节蔬菜。为何反季节西红柿如此难吃？上网一查，原来反季节西红柿在栽培的时候容易落花落果，所以必须用“防落素”，“防落素”会降低西红柿的口感。

科学技术的日新月异，打破了蔬菜、水果固有的季节特征。冬天里的西瓜、草莓、西红柿已不再是什么稀罕事。反季节蔬菜水果，满街都是，占到市场很大份额。反季节蔬菜水果极大丰富了农副产品市场，可是它的口感及安全性的确令人担忧。

但凡有自然常识的人都知道，蔬果中的营养积累量取决于生长时间及日照时间的长短。然而反季节蔬果都是在大棚里种出来的，这种温室小气候全部是靠“人工制造”，温度、光照等无法完全达到自然界的状态，农药、生长激素、催熟剂、防腐剂的大量滥用，使蔬果的营养成分和风味受到严重影响，吃起来就不如自然生长的顺心顺口。看来古人“不时不食”的道理至今依然受用。

反季节蔬果真的不好吃！究其根本原因，我觉得就是违背了自然的法则。它生长在不该生长的季节，它没有足够的时间让自己积聚更丰富的营养，它含有了不该含有的成分，注定不会有好结果。人又何尝不是如此？

曾经在电视新闻里看到过一个年仅九岁的孩子靠捡破烂挣钱挑起了照顾家庭的重担，她小小年纪便成为这个家庭的支柱。这是一个特殊的家庭，令人哀叹悲恸。人们啧啧称赞这个孩子“真懂事”“真坚强”，而我不敢对这个孩子有些微的赞许，只有无尽的酸楚、怜惜、担忧。

像这个小女孩一样的孩子还有很多，这类孩子迫于经济的贫穷和家庭的变故，心理过早地成熟，如同那催熟的蔬果一样，味道总是让人觉得怪怪的。他们本该天真可爱的脸上却挂满了忧虑，幼小的心灵承受了与他们年龄极不相称的压力和困扰。他们虽竭力表现出超人的坚韧，但害怕和渴望关爱的心理需求却深藏于内心，既得不到宣泄，也得不到满足。他们的心理长期处于抑制状态，不知日后会长出怎样畸形的果子。

我们试想，如果一个黄口小儿处处突显出世故与练达，似乎不合时宜，令人莫名惊诧。如果一个不惑之年的成人 ，还幼稚天真，也会成为别人的笑柄。“成人化的孩子”和“孩子化的成人”都是严重的“角色错位”，与口感极差的反季节蔬果又有什么两样呢？反季节的蔬果不好吃，角色错位的人不健全。

古有伤仲永的前车之鉴，今有大学生因不能生活自理而跳楼的悲催事件。自然本有道，不可乱违之。

露珠的独白

我是一滴小小的露珠，一滴微不足道的露珠。

我乐衷于做独行侠，在孤寂的夜里，历经冷凝悄然而成。面对雨滴鄙夷的目光，我付之一笑；面对闪电讥讽的言辞，我缄默不语；面对狂风肆虐的行径，我嗤之以鼻。

我从黑夜中来，但我从来不屑与黑暗为伍，因为我目睹了太多令人发指的腌臜的事。可我又要感谢黑暗，因为黑夜孕育我了这双晶莹剔透的眼睛，我要用它去寻找温暖的阳光。

我没有波涛汹涌的气概，我也没有飞泻千里的磅礴。我的身体微小而孱弱，也许轻轻地碰触，我就掉落地上，瞬间被尘埃裹挟。也许微微地抖动，我就坠入深渊，灰飞湮灭。虽然我的生命很短暂，我时刻都站在死亡的边缘，但我毫不怯懦，从不畏惧死亡。我喜欢在叶尖上舞蹈，没有什么舞姿能比叶尖上的更惊艳。我乐意在悬崖边歌唱，没有哪种歌声能比在悬崖边的歌声更悠远。人人都嘲笑，笑我无骨头，笑我无脊梁。诚然如此，但极致的柔软总是蕴藏着不凡的坚韧，我定要把柔软凝成骨，锤成脊。

我觉得珍珠太炫耀，宝石太孤傲，星星太浮躁。我永远都恪守静默的秉性，我唾弃浅薄的喧闹。我只想在僻静的角落，默默地滋润花儿、禾苗、小草……我生命的意义会在花儿绽放时放彩，会在禾苗穗粒中延续，会在小草的荣枯中升华。

我的使命就是从黑夜迈向黎明。我渴望黎明的到来，那时候，太阳放射出缕缕光芒，照耀在我柔弱的身上，温暖我冰冷的躯体，反射进我眼里，荡涤我满眼的污秽。我如释重负，倍感惬意。哪怕身体一点点瘦削，直到最后的消亡。但我见到了梦寐以求的阳光，我实现了毕生的梦想，了无遗憾。我的灵魂可以自由自在地飞翔，只待进入下一个轮回，再一次燃烧起新的希望。

第四辑

物与吾言

冬天里的爬山虎

冬天，跑步时路过一片爬山虎，我被震撼到了。

那片爬山虎沿江堤边石砌的护坎而生。光秃秃的茎蔓爬满了石坎，虬曲盘结在一起。远远望去，那片爬山虎青灰间染、干瘪粗糙，极像一个个脱下外套的老人，露出枯槁的皮肤和嶙峋的骨骼，互相搀扶，颤颤巍巍地立在风中，着实令人忧惧。无数的根须自由散漫地铺展，无数的疙瘩无拘无束地排布，枝枝杈杈，曲曲拐拐，纵横交错，织成一张巨大的网，又高又长，那么洒脱地绵延，足足两公里有余。

一只麻雀停在不远处的栏杆上，谨慎地注视着眼前的大网。回想起曾在这片繁盛的叶丛间啄食紫浆果的尽兴，眼前的景象有些令它不快，但是，又似乎早就在它的意料之中。它远比我明智，把一切看得明了，看得透彻。它时不时漫不经心地左右环顾一下，宁可放弃觅食的机会，也不贸然行动而陷自己于危境。那只麻雀始终没有靠近。见我越走越近，它扭头不屑地瞥了我一眼，露出狡黠的眼光，又“啾啾”了几声，那声音带着讥讽的调调儿，而后，振翅而起，迎着风口得意地飞走了。

我想，它能网住什么呢？云，太高，够不着。水，柔软，顺溜就过。风，更灵巧，匿形而遁。它网不住时光的流，它更网不住岁月的脚。除了我愚钝的心，它什么也网不住！

左边是江水撩起的浅浅浪花，沿护堤划出一道白线，右边是密织细缠的茎蔓，像是谁布下的天罗地网，中间是深红如血的自行车道，形成了十分诡异而逼仄的径深，从眼前的清晰向远处逐渐漫漶。我不禁心生畏怯：这蜿蜒的深径是通向死亡之域吗？

可能是太过于清醒，我感觉消受不住它的诱惑，我也想逃离，可我却被一种莫名的力量牢牢地擒住，难以迈步。

凌凌的风恣睢地卷过江面，卷过堤上的野草，在茎蔓编织的网眼间吹奏起来，那声音似远古的一曲洞箫，又似陶埙，或似骨笛，时而浑厚苍凉，时而清脆幽深。偶尔一枝茎蔓故意旁逸斜出，伸脖探头，被风裹挟着左晃右荡，摇摇欲坠。风过之后，我再抬头举眉，发现自己真是杞人忧天。我认为岌岌可危的那些茎蔓，依旧傲然悬空静立。凑近细看，许多近乎萎缩的小盘脚仍然牢牢地抓在石头的缝隙间，紧紧地扣在凸起或凹陷的石纹上。

我有些惊骇，在整个漫长而寒冷的冬天，它就这样赤裸裸地紧贴在冰凉的石壁上，它就这样赤裸裸地睡在刺骨的风里。我顿时对它产生了一丝悲悯。可是，它那清峭彻骨的姿势却分明给我以坚韧的力量。我不再悲悯，我知道，在这样蚀骨的风里，才能目睹生命倔强的意志，在这样倔强的生命面前，朔风才有它存在的价值。正是因为爬山虎的热情拥抱，那一方方冷冰冰的僵化的石头似乎也盈满生命的活力。这是灵魂的狂欢，这是生命的洗练。

或许是错觉，临近天命之年，感觉冬天一年比一年来得早。五十肩也早早地附体。近两年，甚恐秋冬时节的霜寒侵身，每每都会加重肩周的酸痛。尽管如此，也依然无法阻挡我迎向那些挺挺孤绝的爬山虎。

我伫立在凛冽的朔风中，凝望滚滚东逝的江水，凝望眼前这些挺拔的丑茎，我竟认为它应像胡杨一样生在西北，生在荒芜浩瀚的茫茫戈壁，生在遮天蔽日的风沙里。因为，身处这崇山峻岭间，我实在寻不着空阔的画布来承载如此宏大的构图。如果没有这气势如虹的长江作为背景，我真不知还有什么配得上这粗犷而豪放的野。它就应该如此狂野，这才是它骨子里的真实。它是在刻意减掉世俗的欲望，它是在尽力抹去多余的粉饰，它只想干净利落地裸呈自己的心灵，它只想毫不掩饰地袒露出硬朗而质朴的本色，它只想做一株狂野的爬山虎。或许，这样的景致只属于历经沧桑后、从梦魇中苏醒的勇敢者和浪漫者。

想起春夏时节，我也路过了那片爬山虎。那时，它浓浓的绿叶，堆满眼眶。秋霜过后，它便绿颜换红装，满壁褐红的叶像一块巨大的红丝绒从天抖落。毋庸置疑，这绿颜与红装都是美的。可是，我感觉与之不适合，既不适合我的本性，又不适合我的年龄。它那绿太妖娆，还那么不矜持地争宠，非要把路人的眼球完全吸引，似要把路人的心房全部塞满。它那秋红没有红枫那么干净，那么纯粹，红得有些杂色，红得有些谄媚。

这个冬天，我再路过那片爬山虎，路过它浓妆褪尽的素颜，路过它特立独行的孤单，路过它清瘦矫健的骨感。它从妩媚走向了淡雅，从虚浮走向了朴实。它曾经幻想依附于他物来实现生命的高度，因此而屡遭诟病。如今，它终于明白：虽不能离开赖以依附的土地，但决不能丧失傲立于世的精神魄力。攀缘只能让躯壳立于墙头，灵魂的耸立最终只能依靠自己的精神骨架来支撑。倘能如此，谁还敢奚落或是藐视？

一路走来，一路看过，我惊奇地发现，爬山虎所有的茎蔓都一心向上，竟然没有一根向下生长的，向上，向上，还是向上。即使某处实在不能直接向上，也要先横斜或迂回向下，再向上。我已无以言表，唯有发自肺腑的喟叹：啊！高昂！向上！高昂！向上！

冬天，终究是肃杀的冬天，终究是折胶堕指的寒气塑造了这撼人心魂的风骨，令我精神为之一振，竦然异之。它触发了我自我防卫的泉眼，眼眶里汩汩地冒出滴滴热液，去极力对抗寒冷的侵袭。也许，生命注定要在严酷的寒冷中才能雕塑成不凡的英姿。我发现我爱上了它，爱它虬茎曲枝的苍劲，爱它褪却俗尘的超拔，爱它义无反顾的追寻，爱它傲世挺立的姿态。我感到浑身涌动起澎湃的热血，销蚀了心中所有的愁闷。

一位两鬓斑白的老者牵着小孙女路过，小孙女指着那些形似枯萎的爬山虎问："这些枯藤是什么？"

"一种像壁虎一样勇攀岩壁的植物。"老者显得很平淡。

"它怎么死了？"小孙女追问。

老者愣了一下，竟不知该如何回答。他若有所思，过了一会儿，平静而有力地说道："没有，只是睡着了。它需要积蓄足够的力量，明年春天才能重生。"

小孙女疑惑地看着老者，不知其意。

重生！一个多么有魔力的词汇。它充满向后的忏悔，饱含向前的期望。

我真歆羡自然界的草木，它们顺时而为，春发秋落，一年一次蜕变，一年一次重生，而我的生命却仅此一次。我要是一株爬山虎，该有多好！那样我可以把根深扎进大地，可以把骨骼矗立在天地之间，可以把血肉融入自然，即使身处绝壁，也可自由安稳地爬行。

这个冬天，那片寒风中的爬山虎，用凛然的傲骨征服了我。

凭栏远眺，凝神静思。我骤然明白，我并非路过，而是走入了自己生命的幻象。原来，我是试图做一株爬山虎——冬天里的爬山虎。

黑枸杞

我原本只知红枸杞，素不知还有黑枸杞。

黑的作物，我见过龙葵、黑芝麻、黑豆、黑米，黑的果实都是珍品，营养更丰，像黑玫瑰葡萄，葡萄中的极品，绝世遗存的姿色。

黑，庄重、肃穆，过了中年，我就喜欢上了黑，服装多数是黑色，为此，一位朋友劝我少穿黑色，他认为黑显得阴暗、压抑，可我偏偏喜欢。

朋友送我一盒黑枸杞干果，说是正宗青海诺木洪野生果，十分稀少，价格颇贵。那干果看上去并不怎么入眼，豌豆大小，除一小点白色果柄外，通体黑黢黢、皱巴巴，像一颗颗干瘪的羊屎。我好奇地尝了一颗，微甜中略带点涩。它比红枸杞逊色多了，既无鲜艳的色泽，又无爽甜的味道。它，打破了我对黑色食物的珍视感。我将它放置在冰箱里，渐渐淡忘了它的存在。

一日，朋友来电询问喝后感觉如何，我只得慌张地应付："可以，不错……”怀着对朋友的愧疚，我试着泡水喝，试着仔细品尝它的滋味。不试则已，这一试，我被它惊艳到了。

当干果触水的瞬间，迅速释放出紫色拉丝，丝丝缕缕，飘飘柔柔，宛若一条条冷艳的小蛇，蠖屈螭盘地扭动着腰身，在水中缓慢地蠕动，向杯底爬去。下沉中，拉丝渐渐变宽变粗，仿佛一匹匹锦缎兀然而降，旋动飘逸。它又若飞天仙女，腾云驾雾，衣袂翩翩，那抖动的紫袖撩拨起不羁的风情。

一会儿，拉丝触底，逐渐向四周氤氲开来，似轻风携彩霞般轻盈地铺展，直至整个怀底铺满紫霞，随后又逆着向上升腾，从边界清晰到逐渐漫漶。再过一会儿，上下完全交汇融合，满杯尽染的紫焰摇曳，拉丝的触角继续延伸，颜色亦愈加浓郁，直到拉丝收缩，完全消退。几粒枸杞子褪去黑衣，竟然披上了紫衣，吸饱水分，丰满滚圆，悠闲地躺在紫色的水面。一个紫色的世界，蚀骨的紫，要命的紫，我一生倾心的紫，竟然不知！

听着舒缓婉转的古筝曲，我不禁沉入遐想，思绪缱绻，葳蕤生长。这并非虚幻，而是真真切切的存在。我感到一种迥异又有深度的诱惑，温暖里透着淡淡的阴冷，炽烈与冷峻交织，露出尊贵、典雅的王者霸气，又不失浪漫的梦幻情愫。它时而摄魂掠魄，时而若即若离。越是如此，它的诱惑力越发蓊郁，我无力抗拒，迷恋上了它。

我为自己初尝的武断而倍感羞惭，竟不知那黑色里竟蕴藏着如此高贵的紫，竟不知那干瘪里竟包含着如此温润的美。这真是，海水不可斗量，黑枸杞不可貌相。

我们终究还是遇见了，黑枸杞，有缘分，何时也不晚。

当我了解黑枸杞的采集制作过程后，更感叹于它每一粒的来之不易。枝条上布满了尖锐的小刺，枸杞子紧贴着枝条，躲在小刺的怀抱里。为了不让果汁流出来，得保留果柄，得小心翼翼地一粒一粒地剪下来，即使用专用工具，即使是熟练的老采摘工，一不留神也会被扎伤手。果实采摘下来后，更要精心呵护，轻柔地放，不可翻倒，不能挤压，稍不留神，细嫩的果皮就会破裂，果汁就会渗出，从而降低身价。最后还要把果实轻铺在特制的纱布筐里，置于阴凉干燥的地方晾晒数日，方得品质上乘的干果。如此精心呵护，可谓是粒粒皆辛苦，岂能不“苦”？

黑枸杞，在常年低温的雪域高原，在极热极冷的大漠戈壁，在贫瘠干旱的盐碱地，在荒凉的河滩，在偏僻的路旁。尽管氧气稀薄，尽管缺水少肥，但它依然枝壮叶健，果实累累。

我不禁感叹，艰难困苦，玉汝于成，黑枸杞，配！不愧为我喜欢的黑，不愧为我醉心的紫。

稻草的价值

有人说，一根稻草丢在大街上是垃圾，绑在大白菜上可以卖白菜的价格，绑在大闸蟹上就是大闸蟹的价格。此等谬论，竟引得诸多人追捧，津津乐道乎以为真理，而我却不以为然，那不过小人走捷径罢了。

稻草的价值不会因为缚于白菜而变成白菜的价值，也不会因为缚于螃蟹而具有螃蟹的价值。即使与白菜、与螃蟹捆绑在一些，有了白菜和螃蟹的价格，而不具有它们的实际价值，有何用呢？那是一种虚空的存在，人们关注的是白菜，是螃蟹。从食物的角度看，稻草只是人类餐厨美食的附庸，不等上砧板便被丢弃在垃圾桶。未闻有人把稻草当白菜吃、当螃蟹吃的？这让我想到了当前许多奸商卖大闸蟹，个个都五花大绑，最甚者居然一斤大闸蟹捆了二两多绳子，这还是卖蟹吗？奸商与小人总是惊人的相似。

如果此言是引导人关注良好环境对人健康成长的影响，我倒是赞同。这种影响是积极的、向上的，是趋善的，是通过环境教育或熏陶，引导人自身的改变而求得良好心性与品质的发展。可关键是，上述言论所指稻草从头至尾没有丝毫的改变，只是凭借依附对象的改变从而就提高了价格，这倒是完全符合了攀缘附会的特性，带有欺骗的味道。《旧唐书》有言："乔松孤立，萝茑夤缘，柔附凌云，岂曰能贤。"《寓林折枝》中更有萝茑者，依树蔓生，不能自植。终因委身于树木，以至于横遭刀斧，不能长享雨泽，引来无尽的叹息。"稻草之言"莫不如是，实际上是根稻草，却依靠捆绑于白菜、螃蟹而卖出虚高的价格，为求一己私欲，为达一己目的，不惜摒弃独立品格，依附于他人，此等行径，令君子所不齿，令世人所唾弃，结局自然也好不到哪儿去。

夤缘攀附的事并非今时所独有，攀云追月的人亦非当下之新生。古已有之，代代相继，传习至今，尤为甚尔。据《国语·晋语》记载，晋国有个叫董叔的人，他即将要娶晋国正卿范宣子的女儿范祁为妻，晋国大夫叔向劝董叔说："范氏是富贵人家，你地位低下，何不放弃这门亲事？"董叔却说："我就是想要结交攀附他们。"婚后有一天，范祁向她的哥哥范献子哭诉说："董叔不尊重我。"范献子怒气冲冲，于是将董叔抓了起来，吊在槐树上示众。叔向经过时，董叔责问叔向："你为什么不替我向范献子求情呢？"叔向说："你要结交的已经结交了，要攀附的也已攀附了，你想要的都得到了，又为什么要我替你求情呢？"反思董叔之痛，其根本弊端在于自己实力不足，却一味攀附权贵，以至招来恶果，任人践踏，实在悲哀。

古往今来，类似之事可谓不胜枚举，前车之鉴，后事之师，理当引以为戒。岂料茫茫人世，笃信效仿之徒趋之若鹜，奉为圣经，何故？仔细思量，实乃迎合人之攀缘附会的劣根心性。诸君一味幻想不劳而获，总是妄求终南捷径，不亲耕，不奋斗，或费尽心机献媚取悦于权贵达官，妄图一举成名；或绞尽脑汁攀附依存于富商巨贾，渴求一夜暴富。一旦得手，便可青云直上，名噪一时，要雨得雨，要风得风，牟取暴利。然而，这种境况终如昙花一现，转瞬即逝，永远不能彻底改变自身的地位。一个人无法提升自身价值，完全依靠他人，将自己的一生建立在别人的基石之上，终是为他人作嫁衣，临末将任人遗弃，被社会所淘汰，落得竹篮打水一场空。

其实，稻草本非百无一用，它有自己的价值实现方式。在上述中，稻草的价值是捆绑白菜，以至白菜不会松散，捆绑螃蟹，便于拿放而不至于被螃蟹的利钳所伤。何故定要片面追求稻草本不可能实现的白菜和螃蟹的价值？稻草亦可编成草帘，用于种植大棚保暖，亦可做成创意工艺品，虽不能登大雅之堂，但于平常百姓家做个小装饰也是很妥帖的。就是做了引火之柴，焚炀灶膛，成就百姓一炊一饭，那也是价值和功德的体现。位不在显，在于适当；价不在高，在于有用。准确定位自己的人生，既不好高骛远，又不妄自菲薄，方为正道。一味攀附权臣贵族，不切实际，那是虚妄，更是浮躁，董叔之覆辙还将重蹈。

养 石

石是有生命的，石是有灵性的。

石的生命与灵性如何产生的呢？法国地质学者阿诺德·赖希哈尔和皮埃尔·埃斯科莱特认为石头是生物，也有生命运动，需要水分，还可以进行呼吸。这与目前生命的定义不符。即使果真是那样，我们也只能认为这是关于生命的内涵与外延更广泛的未来概念。中国一些藏石家也认为石的灵性来源于其自身，认为石经过岁月的磨砺，吸天地之精华，纳山水之灵秀，便产生了灵性。

然而，关于石的生命与灵性是否源自石的本身，我却不以为尽然。

石不养，难有灵。自然之石之所以有生命、有灵性，乃人赋予尔。石头本无情，只因人爱之。石在被人所发现之前，虽有物质形态的存在与消亡，但都可以谓之为顽石，是没有开蒙的，是蛮荒的、愚钝的。无论其纹理如何奇特，形态如何逼真，色泽如何光鲜，只有经过人“养”之后，才会具有生命与灵性，否则它就是一块石头。

心爱之石得来非常之不易。具有品相之石往往是藏于僻远深山，抑或幽谷险滩，抑或戈壁荒原，藏家非经历艰难困苦而不能得之。而且，寻石是要讲究缘分的，若无缘，即使擦肩而过，也会无视其存在。如若有缘，并且与之相遇，将石从交通不便的僻远之地运回家，也是很花费工夫的。寻石就如同恋人之间的一见钟情，从对上眼的那一刻起，人的情感便开始融于石中，藏家就会十分珍视这份可遇而不可求的缘分。

得石虽难，养石更难。养石，非朝夕之功能成，须经过长时间地把玩、滋养。只有悉心呵护，只有以诚相待，为之付出汗水、心血，才能养出好石头。石不能言，养石人还要以诚挚之心与石沟通，与石神交，使人和石的心灵相互通达。人养石，石养人，人如石，石似人。长此以往，人慢慢参悟石的内涵，石渐渐受到人的濡染，两者之气韵、情感逐步融通、丰腴，最后达到人石合一，甚至超凡脱俗。这种超越了物种界限的情感逐步幻化成灵动的生命气息。

我非痴迷的藏石家，也非专业的养石人，但也有几分爱石。

在复兴居住的那些年，我曾养一石，约莫双手合拳大小，正面清晰地显露出形似低垂的人头形象，虽貌不出众，乃亲手采自兴隆滩，所以也非常爱怜它。

我将它立于案头，夜深孤身一人时，常常凝视、端详、把玩之。它成了我最亲近的朋友，也就难免要思量它的前世今生，为何是这般形态？

于是，我展开无限遐想：数千万年前，它经历山崩地裂，经历激流冲刷、摔打，而后便安睡在某个僻静的角落，经缓流轻轻揉捏，经细沙慢慢地碾磨，终成这般模样。我不禁感叹自然之鬼斧神工。

每当阳光明媚之日，我将它放到玻璃缸里，以山泉哺之，把它端到阳台上晒晒太阳，虽不重，但我总是小心翼翼，生怕把它摔在地上。因住处改变，多年未把玩它，然一见如故，亲切依然。

在养石的过程中，我暴躁的性格逐渐变得温和起来，不再易怒。情趣也发生了很大变化，以前喜欢凑热闹，现在喜欢清净。浮躁功利的心也随之淡然。

因此，于我而言，养石不仅是“养”石，既养石，又养人，还养心。

竹之器物

喜欢竹的中庸之性，非木非草，不柔不刚。竹之器物也就有了与众不同的奇特之处，既有优雅、挺拔的外观，又有弹性、坚毅的内蕴，抗拉、抗压、抗弯。

竹之器物，天生绝色，纹理清晰，不需要上色，上色反而破坏了肌理纹路，累赘，画蛇添足。原色原味多好，就像纸不着画，木不上漆，清简、古拙，深得我爱。

中国堪称竹文化的国度。文人雅士颂竹之诗词歌赋，多如牛毛，就不必拾人牙慧、掉书袋了。中国也是最早利用竹子的国家，各族人民从未停歇探索的脚步。七千年前的原始社会已开始利用竹器。殷商时代已制作出日常工具和弓箭。秦汉时期便出现了用竹制布，取竹制冠，用竹做防雨的竹鞋、竹斗笠，一直沿用至今。竹之器物早已融入我们的生活、生产、休闲、娱乐之中，可谓无处不在。

我特别崇拜篾匠，用简单的几件小工具，完成砍、锯、劈、剖，一连串的动作，竹竿就变成比头发还细的青篾丝，经他巧手，青篾丝光滑、圆润起来，纵横交错，勾连编织，篓、篮、箩、筐等各种器物呼之而出，细密、精致、不招摇，清新朴素、坚韧耐久。古代官服沉重，为避酷暑，官员常常贴身穿上竹衣马甲。这种“竹衣”由竹梢连接而成，竹梢极细且短，中间有孔，用细线一节一节地穿起来，远远看去，薄如蝉翼。我真心被这些能工巧匠所折服。

记得祖父家有一把可以升降的竹椅，可坐，可躺，我小时候经常在竹椅上玩，玩累了躺着就睡。有一次，渴极了，我把一大盅白酒当成了水，猛的就是一口，一会儿便头晕目眩，倒在竹椅上安睡了一天一夜，全家人当笑话开涮了很久。前些年，我也经常喝得酩酊大醉，醉得不省人事，醉得苦涩，醉得空虚、落寞，醉到不知归往何处，再无醉在祖父竹椅上那种天地无碍，我自醉，我自乐。

几年前，黄山之行，让我重新认识了竹。真是孤陋寡闻，第一次听说竹纤维制品，商场里有毛巾，有袜子，有衣服，有内衣裤，还有内置竹炭的各种布娃娃，琳琅满目，色彩清丽淡雅，虽令人看得眼花却并不缭乱，整个商场缭绕着一股淡淡的清香，沁透心脾，分外怡人。购买的欲望一次次涌起，又一次次被犹豫击退。出于本能地对旅游购物陷阱的惧怕，自然有所疑虑。在推销员的蛊惑之下，最终被这些素素的竹之器物所俘获。

第一次穿竹纤维袜子，我还真有些拘谨，于心不忍。毕竟，竹是我心中清雅高洁的圣物，如今，却要将它踩在肮脏秽气的脚下，似有践踏、亵渎之嫌疑。斗胆试穿后，“香港脚”居然不那么“香”了，难道是竹纤维吸纳了脚的污浊之气？我想，可以肯定。人皆赞竹之虚怀若谷、不落俗气。不承想，竹的脱胎之物——竹纤维袜子倒是给了我最好的例证。这让我真心信服，器物确实会呼吸。

其实，对待穿着，我一直都比较简约。不在乎面料，不挑剔样式，不喜欢繁杂的搭配，也不追求时尚，更不贪恋名牌，只要能保暖蔽体舒适就好。日常所需的衣物都是妻子全权包办，有时还会因为嫌衣物贵了、买得多了而责怪妻子。但对于竹纤维纺织品，我却格外青睐。竹纤维纺织品不仅透气吸汗，还抗菌除臭，舒适亲肤。原生态就是好，是天生的护理师，适合我当下的年龄和志趣。穿上竹纤维制品，竹就和我如影随形了，心境也清爽了。

我爱竹之器物，它和我同呼吸。

骡　子

我虽然出生在农村，但七八岁时便离开老家来到小县城上学。我很少有机会见到骡子，即使偶尔见到，也是擦肩而过，从没真正地近距离接触，更谈不上深入地了解。这次到黄岭村支教，有幸遇到几个骡夫，他们仍然从事这份古老的职业，自然是多了机会去认识它。

刚开始，每次与骡子狭路相逢时，我总是放慢车速，胆怯地从骡子身后溜过去，停在远处静静地看。有时它们信心十足地抖动脖子上深深的鬃毛，向路人展示它们一身亮丽的毛皮；有时它们甩动扫帚似的尾巴，不输于骏马迎风奔腾时飘散的长尾；有时它们潇洒地摆摆头，俨然一副明星的派头。更有趣的是，当它们注意到有人在关注它时，它会故意抖动身子，孩童般天真地歪着脑袋，鼓着两只大眼睛，盯着你，像两汪清澈的泉水。

骡子尽管看上去讨人喜欢，我还是很惧怕它。因为以前听老人们讲过：骡子的性情古怪、倔强，当它看到两手空空的行人，就会尥蹶子。

那时，我真信了。我相信骡子用这种方式来表达它对懒惰之人的憎恶。因此，我一直都对它敬而远之。

它那被岁月磨得坚实的蹄子，踏地而行，发出铿锵之声，时常飘进我的耳朵，仿佛我单薄的生命也增添了几分厚重。日子长了，聆听得多了，我对骡子的好奇心愈加浓厚。很多次，我内心突然产生强烈的冲动，渴望亲手触摸一下那洋溢着神秘气息的圣物。

据说，一匹骡子每天能给主人挣到一百到两百元钱，一个月下来，平均也得有一千多元的收入。这样的收入不算不丰。然而，骡子得到的只是几束青草而已，它把汗水和劳力就这样轻而易举地赠予了人类。骡子是“混血儿”，绝大多数是母马和公驴交配所生的马骡，它没有繁殖后代的能力。这让我感到十分惊讶，也难以理解。一切生物存在的唯一目的与意义就是传宗接代，这是第一性的，而骡子却天生绝后，它自己的生命结束也就意味着一切灰飞烟灭。然而，它却无偿地不辞辛劳地不遗余力地为人类卖力，真是卓尔不群的存在，不得不让我对它肃然起敬。

一个傍晚，偶然撞见的一幕真切地打动了我。那天，下着小雨，黄泥巴路像是被抹上了一层薄薄的油，滑腻腻的。一匹骡子驮着堆成两座小山似的砖块在路上蹒跚而行，我恰好路过。突然，“哐啷”一声，骡子重重地摔倒在路边的小沟里，部分砖块散落四处。它想站起来，吃力地挣扎了几次，都没能奏效。它尝试着把前腿跪在乱石堆上，力图依靠后腿的力量支撑起身体，全身的肌肉绷得紧紧的，脖子上的筋高高地隆起，那使劲收缩的肌腱看上去就像是炖透了的鸡肋，可沉重的货物压得它实在是无法站起身来。

骡夫意识到问题的严重性，赶紧卸掉了铁筐里剩下的砖头，骡子终于缓缓地站了起来。它还能走吗？我有些担心。

骡夫又开始装砖块了。一会儿，那两座小山似的砖块又压在了骡子的背上，好像比先前更高了。它能承受得起吗？我更加担忧，但骡子却像往常一样，潇洒地抖抖身上的沙土，左右甩动了几下头，似乎在告诉主人，“没事，没事”。它掉转头，从沟沿爬上了小路，我隐隐看到那两汪清澈的泉水流出眼眶，浸湿了眼角的皮毛。一种莫名的感伤油然而生，像巨石重重地砸在我心上。它能勉强驮起沉重的货物，怎能驮得起人类无限的贪婪？

骡夫赶着骡子继续上路，泥泞的路面留下一个个小泥窝。雨渐渐密了，小泥窝很快就被填满，若一面面银光闪闪的镜子，映照着阴霾迷蒙的苍穹，错落交替着向远处延伸而去……

骡子的身影逐渐消失在眼帘，但我知道，它正一步一步走进我心里。

血脉家族

这个蓝色晶莹的星球，叫地球。它是我们人类唯一的家园。所以，我更愿意把地球叫作一个家族，这个家族是一个庞大的系统，有很多的成员，大家血脉相连，唇齿相依，生生不息。

“爷爷”是天空。他的心胸是那么的广阔，他的眼神是那么深邃，湛蓝湛蓝的脸上时常笑出朵朵白云。

“奶奶”是大地。她是“妈妈”的妈妈，她真的很老了。四十六亿年的风霜，吹皱了她的面颊，那千沟万壑正是她饱经沧桑的道道皱痕。即使这样，她依然载着地球家族的成员，为大家提供着生命所需。

“父亲”是山。他顶天立地，泰然稳重，伟岸巍峨，挺起铁一般的脊梁。他站着是突兀的峰，他坐着是逶迤的岭，他躺着便是绵延的丘陵。

“母亲”是江河。她是我们生命的源泉，她在岁月里或急或缓地流淌，她用甘甜的乳汁无私地哺育了我们一代又一代。

“哥哥”的名字叫作树。高大、挺拔，像卫士一样时刻保卫着他的兄弟姐妹。

“姐姐”是绽开的花。她最热衷打扮，赤橙黄绿青蓝紫，无一不是她的装束。她阳光的笑靥、亭亭的神韵，带给我们无限的欢欣。

“妹妹”是湖。她瞪着水汪汪的眼睛，偶尔扎着小辫子，甚是可爱。她是大地奶奶的掌上明珠，有的宛如一方蓝得晶亮的绸缎，有的又像奶奶脖子上缀着的绿宝石。

“弟弟”名叫小草。他生性倔强，总爱顽皮地探着脑袋向外张望，时常呆头呆脑地仰望星空，眨巴着眼睛数星星。

太阳叫“公公”。他虽然距离地球非常遥远，但慷慨无私地奉献出自己的光和热，这是我们地球家族赖以生存的基础，没有他，地球将是一片黑暗，地球上一切的生命将不会存在，他是地球家族的缔造者。

月亮叫“婆婆”。她摇着弯弯的小船，提着装满银光的小壶，给我们讲动人的故事，我走，她也走，伴我们度过了美好的童年。

风，我们称她为“姑姑”，她可是一位出色的音乐家，自然界的许多东西都是她的“乐器”，哪怕用一片树叶，她也能奏出优美的曲子，时而高亢，时而悠扬，时而低沉。每当此时，花姐姐就开始跳起醉人的舞蹈，小草弟弟便兴奋地摇头晃脑。

动物是人类的“朋友”，有的是值得信赖、永不背弃的“伙伴”，人类没有理由不善待这个鲜活的家族成员。

在这个大家族里，还有海洋、冰川、空气……

“我”是这个家族唯一的智能生命，“我”处在生物链的最高端，控制着制高点，统治着整个家族。“我”就是人类。

然而，正是人类无知地滥用手中的权力，打破了地球家族生态的平衡。人类恣意妄为地破坏自己的家园，任意地掠杀伤害家族成员，罪恶正在一幕幕上演。

大地奶奶被戳得遍体鳞伤，惨不忍睹。一幢幢高楼拔地而起，仿佛一枚枚巨大的钉子扎在她的身上。人类沉醉于自己的杰作，却听不到大地痛苦的呻吟。

工业废水滥排乱放，城市垃圾任意倾倒，农药无节制地喷洒，“母亲”的躯体被污垢所覆盖，她的血液开始变得乌黑，散发着恶臭。这就是人类的母亲河，这就是人类对“母亲”哺育的回馈。

大树哥哥被拦腰锯断，一排排地倒下，他忍受着刀砍斧劈的剧痛，变成支撑房屋的栋梁，变成路基，变成桌凳，变成餐具……

花姐姐因为温室效应改变了生长规律，繁殖受到严重威胁；小草弟弟被有毒物质侵袭，夭折了；湖妹妹哭干了眼泪，那一汪清澈的灵气一去不复返。

尽管“父亲”那样雄壮，仍然难逃厄运，一座座高山被夷为平地。他在人类的钢铁巨镐下轰然倒塌，坚挺的脊梁也抵不住人类的贪婪。

雾霾来了，黄沙也来了，风姑姑嗓子沙哑了，没有了动听的歌声，没有了悦耳的琴音。“爷爷”的脸被黑色的灰尘所笼罩，他怒气冲冲，雷鸣咆哮，涌出酸楚的“泪”，那就是酸雨。

大量的“朋友”“伙伴”被无情地掠杀，有些走上人类的餐桌，有些陷入肮脏的金钱交易。我们的很多“朋友”正在以惊人的速度锐减，有的濒临灭绝，有的已经永远消失，不远的将来，也许人类会成为真正意义上的“孤家寡人”。

臭氧层被破坏了，太阳公公生气了，放射出紫外线，惩罚人类这个罪魁祸首。

月亮婆婆不忍目睹人类的野蛮行径，正在一步一步远离地球家族，如果没有了月亮婆婆的庇护，人类也许真的就没有了未来。

看看吧，人类都做了些什么？怵目惊心啊！

深夜，我仰望幽暗无限的天际，我的神思在宇宙中搜寻，何处是人类的宜居之地？找不到答案。我开始感到真切的忧虑与恐惧。

人类的智慧谱写了改造自然的奇迹，但无尽的贪欲却种下了可怕的恶果。现在真到了忏悔的时刻，如果继续这样不加节制地开采、掠杀、滥排……资源终将枯竭，废气、废水、废渣……不计其数的垃圾废物会充斥整个世界，到那时，地球家族将会走向灭亡，地球将会成为埋藏人类自己的坟冢。

万物都会有生命终结的一天，地球也一样，人类不能奢望地球家族永恒存在下去。但人类目前别无选择，唯一能做的是，珍爱家族的每个成员，小心呵护，更广泛更长久地延续这个家族的血脉。即使未来人类能走出地球，奔向浩瀚的宇宙，地球也会是我们永恒的家园。

长着刺的烈火

在农村，乡亲们都称一种野生植物叫“籽儿木刺”，因为它浑身长着长长的利刺，一不小心就得被它扎得鲜血直流，因而得此令人毛骨悚然的乡巴佬名字。因它韧性非常好，所以乡下人拿它有自己的独特用途。诸如烤热后弯成“U”形做撮箕的脊背支撑骨架、拿它做大锤的手柄等，似乎还没有能替代它的。

富于生活情调的人叫它“红姑娘”。这是最浪漫的名字，拥有红葡萄酒的魔力、形象，充满诱惑。乍一听见此名，仿佛眼前倏忽间飘来一位姑娘，身着大红袍，一头秀发飘逸，蹁跹而至，透着泥土黄的脸上泛起红霞般的光晕，恰似一朵火莲盛开、不胜凉风般的娇羞，楚楚动人，万分惹人怜爱。

在所有野果树中，可能只有它的果留枝时间最长。从头一年初夏赶集似的盛开，五瓣银花，配以黄金般的花蕊，素雅纯洁中不失高贵气韵。一簇簇挤在一起，享受着自己世界的热闹非凡。夏季开始挂果，果子先是绿色，然后逐渐变成黄色，秋霜过后，果子开始变红了，一直到第二年的春天才逐渐掉落。它把自己一个生命周期的所有都奉献给了人类，让人类既可观花，又可观果，秀果期长达半年之久，让人们看个够，也是真够无私的。

它虽全身布满尖尖的刺，会扎伤人，但是，你若不去招惹它，它会静静待着，从不惹是生非。它向世人宣示自己宁可玉碎也不示弱的信心和勇气，也是情非得已。你们可知，它需要熬过漫漫寂寞的百年，也就能长粗到十厘米左右。荒凉贫瘠的不毛之地，它的生长不易啊！岂能任由你去随意伤害它？尖尖的刺不过是为自保而已。

前些年，偶尔才知道它还有一个名字叫“火棘”。什么是火棘？火，一种燃烧着的红棘刺，那不就是长着刺的烈火吗？火还能长着刺，若鲜亮的色彩里隐藏着一柄利剑，灼烧的颜色，疼痛的诗意。严冬，它燃烧在大雪过后的原野，如火如荼，最能展现它独特的风韵和姿色。漫漫雪花遮蔽天空，皑皑白雪覆盖原野，整个世界被一片死寂裹挟围困。当孤寂落寞感像裹尸布一样缠满我心脏的时候，猛然间，远远望见躲藏在雪下的火棘果探出红色的小脑袋，莫大的惊喜。于是走近，轻轻地扒开积雪，一群群红孩儿露出笑脸，那么亮锃锃，那么红彤彤，顿时感到一股股暖流涌遍全身。一种春暖的希望，一种新生的希望，像熔岩喷薄而出，燃烧成冬雪里的熊熊烈火，温暖一季的寒冬。再近些仔细一看，红得鲜亮的果皮上还点缀着一个黑色的小圆点，好像红眼树蛙凸起而瞪圆的眼珠子，玲珑乖巧，俊灵灵的，似乎还在眨着眼呢！它面对严寒，热烈奔放，从不示弱。在这苍白的雪的世界，除了冷寂的铺陈，在火棘的姿态里，我感受到了生命的色彩和锋芒。

我想将它做成盆景放到家中，于是向当地农民询问好不好种，他淡然地说："这东西贱得很，有点土就长，有点肥就壮。好种得很。"

当我伸出手去，瞬间被扎了，血冒了出来，一阵刺痛，只得悻悻地放弃。

火棘似乎伸着长长的刺在嘲笑："别碰，我只在荒野燃烧。"

火棘，你这长着刺的烈火！

葱 莲

在那几年灰暗的生活里，我把自己封锁起来。惊恐、茫然、绝望等纠结在一起，形成一张无形的网，将我囚禁在其中，难以动弹。为排遣心中忧郁，时常一个人孤零零地在公园里游荡。天是灰色，心也是灰色。树绿成了妖，花艳得伪邪，虬龙的藤蔓如恶魔般张牙舞爪。空气凝固，令人窒息，几近崩溃。

一天，独自静坐在公园的木椅上，漫不经心地张望。不经意间，一片白色的小花跳入我的视线。远看，植株矮小，花冠也小，不诱人，但花朵挨挨挤挤，错落有致。走近细看，它叶形如葱，圆柱状直立，脆生生的、嫩汪汪的，好像稍微触碰便要折断似的。六片白色的花瓣围成花冠，拥着几根黄色的花蕊。我靠近闻一闻，并没有浓郁袭人的芬芳。我又试着俯下腰身，几乎要贴近地面，方能嗅到一丝淡淡的幽香。

这算是初识吧。我自以为它就是水仙，只是未长大而已。

在以后几天的散步途中，我在步道、林下、花坛边缘都见到了它。

于是，我大抵知道了，它是属于镶边点缀的花卉品类，作为其他花草的陪衬，就像演戏的配角吧。这让我对它产生了些许兴趣。

几周后，在龙脊岭梯道旁，我又见到了它，雪似的成片地盛开。它像历经风霜的中年女子，腻烦了色彩的繁芜，不妖不媚，一袭白裙，素颜如玉，却是风仪仙姿。活脱脱的袖珍版的莲花，可远观而不可亵玩，可敬慕，可膜拜。我崇敬这样的女子，爱这样的花。

欣赏这样素洁的花儿，不免会联想到一些清新雅致的人或文字。

我喜欢读林清玄散文，简朴的笔墨里流淌着柔软、细腻、清净之泉，散发着禅理与智慧的柔光。比如《清净之莲》，一朵红色的睡莲，从泥沼的浅地中昂然抽出，开出了一句美丽的音符，仿佛无视于外围的污浊……究竟要怎样的历练，我们才能像这一朵清净之莲呢？

林徽因的文字也让我爱不释手，不仅是文字表面的“秀”吸引我，更是文字内在的“格”让我亲近。她在《莲灯》中这样写道：“如果我的心是一朵莲花， 正中擎出一支点亮的蜡，荧荧虽则单是那一剪光，我也要它骄傲地捧出辉煌…… 算作一次过客在宇宙里，认识这玲珑的生从容的死……”

它的品相与林清玄和林徽因笔下的莲极为相似。

去年，霜降已过，丝丝寒意侵袭，可它依然静默地在角落里，独自绽放，一茬接一茬，开得那么浓烈，开得那么酣畅，热闹非凡。我想，冬天来了应该就要绝迹了吧！

立冬后的某夜，我来到公园林间小径，行人稀疏，路灯昏暗。我放缓脚步，眼光四处搜寻，余光里掠过一丝白色，驻足细看，一颗颗雪白的花苞，椭圆形，在昏暗的夜色里更显得格外鲜亮而白皙，笔挺挺地直立在灰暗、墨绿的灌木丛中，腆着个大肚子，好像随时都要爆裂开来。

当晚，刮起了风，下了一场不小的雨。云阳冬天的风像犀利的刀。一想到它弱不禁风的样子，就开始担忧。它能顶住风雨吗？脑子里全是臆想它匍匐倒地、凋蕾断柄的，惨不忍睹的场面，为此竟辗转一夜。

第二天一早，我匆匆赶到公园。雪白的花朵迎面扑来，满眼都是，只要有空隙的地方全都被它的白色占据。那颜色洁白得通透、纯粹，干净得彻底。我惊喜地细细端详，一位路过的老者告诉我："这是葱莲，风雨过后开得茂嘟嘟的。""茂嘟嘟的"几个字语气很重。

葱莲！一个泥土里闪着佛光的名字。

葱，极为生活化。莲，深蕴佛性。俗理与禅理的融会，凝聚了地与天的灵气，相得益彰，很有禅意美。也难怪，它那么随心自在。它从不在乎自己配角的身份，也不需要掌声和鲜花，更不在乎别人的关注与否。我就是我，我开，自然就开，我落，自然就落。正如佛言："心性若自在，则于诸法皆获得自在。"

雨后的天空，如葱莲花的色调一样洁净。阳光柔软，气清景明，草绿花艳，就在这个朗润的清晨，葱莲，一如既往地盛开，无粉妆，默然、笃定。

太阳的舞姿

幼儿大班有一幅欣赏画——《太阳也跳舞》，它出自西班牙画家杰昂·米罗。画面随性而抽象，造型奇特而活泼，色彩鲜亮而明丽，线条和色块任意变形，一切都像是在舞蹈，让人不由自主地产生天马行空的幻想，绝对超现实主义。这样涂鸦似的绘画更符合天真无邪的孩子，只有思维无拘无束、行为自由自在的孩童方能领悟画家的精神世界，大多数成年人的思维往往被经验所禁锢，反而显得苍白而干瘪。因此，这幅画被纳入幼儿园大班的美术欣赏课就不足为奇。其实，且不论画的内容，单单就这画名已足够让人细细咀嚼和品味一生。太阳也跳舞，这是多么灵动而浪漫的想象！

是的，太阳会跳舞，而且总是乐于在陶醉中舞蹈。它常以甘露为酒，时时通宵达旦，喝得脸上红霞飞。夏日之太阳，刚烈炽热，热情奔放，如铁血壮汉般开怀豪饮，展现出男人的阳刚之美；春日之太阳，温文尔雅，曼妙妩媚，若纤纤女子般细细品鉴，流露出女性的娇柔之秀。

人们往往在睡眼惺忪中迎接太阳醒来，它的脸被一腔热血涨得通红，应该是昨夜与月亮畅饮了几杯吧。微醺的它摇晃着脑袋，扭动着身躯，若精灵般跃出海面，跳出山头，开始一天的霓裳艳舞。

太阳的舞蹈在何处？在晨曦拂过枝叶的淡影下，在碧荷上滚动的露珠的眸子里，在低吟浅唱的潺潺清波的素颜上，在人们微笑的脸庞上。当我漫步花圃时，我看到鲜花的笑脸上映着太阳的舞姿；当我吃着香甜的水果时，我品尝到水果的甜味里逸动着太阳的舞姿；当我行走在林间小径时，我闻到清新的空气里缭绕着太阳的舞姿。在雨后晴空，我看到彩虹上旋转着太阳的舞裙；在辽阔草原，我看到太阳在千里一碧的绿色里悠闲地踱着步；在崇山峻岭，我看到太阳健硕地从这个山头跳到那个山头……可以说，太阳的舞姿无处不在，大到浩渺的海洋、广袤的沙漠、巍峨的高山，小到门窗的小洞、树叶的间歇、指间的缝隙，到处都闪耀着它光亮的舞姿。

你看，太阳在粼粼水波上跃动，像无数个水精灵，优雅地跳起了水上芭蕾。一袭红裙，随波荡漾，金纱拂面，羞涩腼腆，踏波而舞，风情万种。

你看，太阳在幽幽密林间舞蹈，像风度翩翩的绅士，风起叶动，一支支民俗舞蹈跳得淋漓酣畅。一会儿似古旧锅庄舞，走转踏跺，缓慢行进，稳健、古朴、庄重；一会儿似古典宫廷舞，闪转腾挪间尽显柔情飘逸，华丽、典雅。

瞧！太阳的舞蹈就在你平伸的手掌心，热烈地贴着你，偎依着你，像个顽童。如果你试图握住它，据为己有，那简直是痴心妄想。当你卷曲起手指，它轻盈地一跃，便落到你的指背，冲你挤眉弄眼。当你疲惫地躺在草地上闭目休憩时，它偶尔会调皮地舞弄你的眼睑，让你欲睁眼却不能。

瞧！太阳的舞蹈在庄稼地里。太阳脱下金灿灿的黄衫给麦子披上，给稻子披上，麦和稻就学会了太阳的舞蹈。它们俩在沸水里上下飞舞，跳成香喷喷的面条和白花花的米饭。麦与腾腾的蒸汽一起热舞，丰腴成馒头，好似白皙的胖美人，她的身体里飘散着阳光的味道。

万物皆有生命，太阳也不例外。即使太阳的寿命是那么的长，可总有一天，它也会走到生命的尽头。太阳睿智，不惧死亡，存在就要奉献光和热。太阳的舞蹈，正如树叶的呼吸、石头的禅定、风儿的歌咏，远比自鸣得意的人类活得自在、洒脱。

太阳，真正的舞者。

包子的滋味

翻看《闭上眼睛才能看清自己》。作者讲到她自己参加一次培训，老师让参培的每人用五分钟时间品尝一颗葡萄。她先仔细观察葡萄的形状和颜色，再用鼻子闻一闻气味，然后放入口中，咬一口，感受一下，再咬一口，再感受一下，作者觉得这是她一生之中吃到的最可口、最有味道的葡萄。

活在当下，用心过好每时每刻，耐心地把一颗葡萄吃出一个夏天的味道，吃出生活最美的滋味。除了养生，也养性。什么是禅？这就是禅。

去年初夏的一天清晨，我照例到龙脊岭公园晨跑。来到下岩寺后山，玉兰枝繁叶茂，荫盖着林中小道。树下是灌木和铁线蕨，密密麻麻的一大片，林间异常幽深、寂静，绿叶味儿淡淡地飘来，格外清爽。

在林间石砌的小径，邂逅一位老者。他身着白色上衣，立领，看着很有精神，胸前的一排盘扣十分显眼，很有怀旧感。他悠闲地端坐在木椅上，左手拎着一个塑料袋，里边装着七八个小笼包，面容淡定，不紧不慢地伸出右手食指和拇指，从塑料袋中拈出一个包子，并未急于下口咬，而是先凝聚目光，端详一眼，接着轻轻地将包子一分为二地掰开，把鼻子凑近包子馅嗅了嗅，然后轻柔地咬上一小口，细细咀嚼，慢慢品尝，最后才缓缓地吞咽下去。优雅、闲情，包子的滋味一定非常美好。从未见过吃包子竟能吃出这般风雅闲适的人，老人的举动让我的好奇心浓郁起来。

我暗自猜测，这位老人一定有不俗的经历，索性在老人身边坐下，与他搭讪："肉包飘香，老伯真是好心境啊！"

老人略略地瞥了我一眼，继续品尝着包子。

我又套近乎："看您与我父亲年纪差不多，今年高寿？"

老人一怔，好像忆起什么，眉头紧锁，脸一下绷紧了。我不敢再问。过了好几分钟，他突然开腔："这条命是捡回来的，不易啊！"

我不解地问："您指的是？"

老人脸色变得凝重起来："小伙子，三年自然灾害，难熬啊。"

我明白了他说的什么，连声道："哎！是难，听父亲讲过。"

"野菜被挖光了，就吃棕树籽、观音米，什么是观音米？就是白沙泥，挖之前还要拜观音。"

"嗯，我父母亲都吃过。"

"还是现在享福，吃的、用的、玩的哪样都不缺。"老人有些哽咽，抹了抹眼角，拎着剩下的包子沿着石径蹒跚而去。

老人经历过饥饿的难耐，品尝过生活的苦涩，咀嚼过生命的疼痛，他切身体会到活着之不易。这让我想起了电影《一九四二》里，河南暴发的那一场惨绝人寰的大饥荒，三百万人被活活饿死的场景；想起了非洲儿童饥饿得形如干柴蜷缩在路上，秃鹫在一旁等待着啄食他的肉的画面；想起了那些因饥饿而发生的同类相食的惨案。饥饿成为扼杀人类的罪魁祸首。每每思及，如鲠在喉。我不是一个爱唱高调的人，但是，当下各种浪费现象，真心令我厌恶。珍惜食物就是珍惜生活，珍惜生活就是珍惜生命。食物需要我们去尊重，食物也值得我们去感恩。即使对待一颗葡萄、一个包子，甚至是一粒米饭，也要用心，也要一丝不苟，时刻当思一粥一饭来之不易。

我想，在老人的味蕾里，品尝的不仅仅是包子的味道，更是人生的况味。

摘下眼镜，便见“灯花”

一次夜跑，忘记带擦汗的手巾，跑了几公里后，汗水顺着额头淌下来，浸入眼睛，灼烧感顿生。我急忙摘下眼镜，拭去汗水，就在抬眼的一刹那，一辆小汽车从身边疾驰而过。我猛然发现，汽车的尾灯开始像一团火红的球，随着汽车远离，火球逐渐变成六边形，极像一朵缓缓盛开的花。那花儿越来越大，越来越清晰，经过一个临界点，六边形又逐渐模糊，颜色逐渐变淡，直到消失在夜色中。

我索性停下脚步，伫立街边，看风景一样看远去的车灯，欣赏那一路飞奔的花朵。宽阔的公路上，汽车川流不息，车灯不停闪烁。不同的车，灯的颜色各异，或红，或橙，或黄，或白，构成了一条流动的花海，绚丽无比，把这黑夜装点得五彩斑斓。叫它们什么呢？我思来想去，就称它们为“灯花”吧。

在电灯发明之前，人们照明是用蜡烛或油灯，灯芯燃烧之后，会形成灰烬，如果不剪掉或拨落，就会停留于灯芯上，火焰中的灰烬形若花朵，故名灯花。然而如今已鲜有人点蜡烛照明，煤油灯早已绝迹。我眼中朦胧的车灯，不正是那火焰中的“灯花”吗？“灯花”之名，很古旧，极富动态感，仿佛灯里绽放出一朵花来，不禁令人浮想联翩。

我眼拙，且近视。若不戴眼镜，就无法识人看路，更不能读文撰字，总想把一切都看得清楚明白，总感到朦胧状态太过于虚渺，心中极不踏实。几十年了，眼镜处处不离身。未曾料想摘下眼镜的朦胧状态下，竟会收获如此美丽而灵动的景致。当我戴上眼镜，那些绚烂的灯花就变成了一束束刺眼的灯光。就在这摘下与戴上之间，世界已物换星移，完全是截然不同的两片天。细细思索，生活也是一样啊！

我从小接受的教育就是理必正，事必清。加之性格天生直爽、率真，明知祸从口出，却还是藏不住话，眼见即要语达，看透了而不戳穿，安能忍受？若生了脓疱疮，挤不出脓头心不爽。免不了冒犯领导，得罪同事。知我者倒可谅解，不知我者以为乃一介刁民。特别是被小人利用，在领导那儿一番谗言佞语并加以挑唆，结果我就更惨不忍睹。

当年我刚参加工作不久，涉世未深，天真地以为这个世界应该像雪一样纯洁，可理想很丰满，现实却很骨感。有一次，我竟在单位的职工大会上，公开要求校长公布学校收支账目，还扬言要查账。我认为自己有知情权，一厢情愿地以为大家会踊跃支持，殊不知仅有一挚友站出来帮腔，其他人缄口不语。最后，不了了之，弄得自己灰头土脸，讨了个“叫鸡公”的名声。

只怪自己天真、幼稚，事事必追根究底，非要彻查清楚，弄明白，却不知“水至清则无鱼，人至察则无徒”的道理。如今才明了，模模糊糊、浑浑浊浊才是社会的常态。看破只是小智慧，看破不说破才是大智慧。我十分佩服那些揣着明白装糊涂的人。可悲的是，我修为不高，慧根浅薄，知理却难为，“难得糊涂”真的是难啊！所以，唯一的办法就是远离尘嚣。倘若不闻世间之繁杂与污秽，不受外界干扰，只管洁身自好，保持自我天地的澄澈，也就少了烦恼。俗话说，眼不见，心不烦。看不透才好，一看透，心就凉了，就寒了。那就摘下“眼镜”吧，人生之路“灯花”遍地开。朦胧的世界才最美，美了心，顺了事，何乐而不为？

朦胧之处，灯花朵朵。也好。

从白鲟灭绝说起

2022 年 7 月 21 日，世界自然保护联盟（IUCN）更新濒危物种红色名录。名录显示，长江特有物种白鲟已经灭绝。这是继白鱀豚和长江鲥鱼被宣布功能性灭绝之后的又一个坏消息。我感到无以言说的低落，内心时而空空荡荡，时而又好像积聚着万千话语。

央视著名主持人白岩松非常诚恳地忏悔：“这是我们这一代人没能尽好保护大自然的责任，没能把美好的物种为我们的子孙留下去，对不起，长江白鲟，对不起，后代。”他的话语既有一种沉郁的哀伤，更有一种入骨的彻痛。他是代表我们这一代人做出的忏悔和反省。

我与白鲟还没来得及谋面，如今却已成为永别。我极力想象最后一条白鲟是如何死去的。它可能无助地躲在某个水域或石缝间，伸着长长的利剑般的吻鼻，孤独无助地摆动着尾鳍。它被黑暗紧紧地包裹着，恐惧充斥着每一根神经，肌肉变得有些僵硬，再也游不动了。它绝望地吐出最后一口水，无奈地停止了呼吸。此刻，作为长江水哺育长大的儿女，我不禁深深地自责，心里涌起令人羞惭的负罪感。

我们要感谢先祖学会了钓鱼，帮助人类开拓食物的渠道，并将技术传于后代，把我们从羹藜含糗的饮食状态中挽救出来。同时，我们更应该感谢鱼类奉献出自己的生命供人类用以制作美味的佳肴并给予丰富的营养。我一直都坚信，鱼是善良的。那乳白色的汤就是它们精魂的化身，要不为何那么白，那么鲜？

鱼不仅是我们的食物，也是我们儿时的“玩物”。记得小时候，几个小伙伴端起撮箕，在任意一条小溪岸的杂草丛，轻而易举就能捕捉到各种小鱼。身形修长的马口，嘴巴张得大如碗；扁圆的荷包鱼，仅拇指大，彩色的鳞片在阳光下熠熠生辉；又肥又机敏的桃花斑，蹿起来闪电似的；长得怪头怪脑的巴石子，总是一副没睡醒的样子。也不知怎么会有那么多的鱼，太过于乖巧，不忍伤害，只是好奇地玩弄它们。现在，清澈的小溪已经变成肮脏的臭水沟，再也难觅它们的踪迹。

人们通常认为鱼是冷血动物，是没有感情的。可我似乎总能感受到水里流淌的情绪，有亲情般的温暖，有生离死别的悲怆，也有割心剜肉的疼痛……只是鱼没有眼睑，含不住眼泪，它把所有泪水悄悄地洒进了大海。要不，海水为何那么咸？

约翰·缪尔说，人类的爱、希望和恐惧与动物没有什么两样，他们就像阳光，出于同源，落于同地。据说非洲有种叫慈鲷的鱼，每当小鱼遇到危险时，雌鱼就会把小鱼含到自己嘴里，防止小鱼受到伤害。不仅雌鱼有爱，雄鱼同样爱心满满。有一种鱼叫海鲇，雄鱼将受精卵含在自己嘴里孵化，待幼鱼长大，达到足以自卫后方才让其离开，整个期限约七十天。我曾看到过一段视频，一条鱼被钓起放到网中，另一条鱼在网外伴游守护，不忍离去。这些场景多么令人感动啊！真是万物皆有灵，鱼儿也有情。

鱼类起源于几亿年前，它的历史远远比人类悠久。但非常遗憾，经历漫长的年代，鱼类依然没有进化到较先进的文明程度，以至于它们只能成为砧板上的肉，任由人类宰割。对于鱼类家族来说，这或许是一种悲哀。自然法则就是如此，物竞天择，优胜劣汰，一切生物都只能顺应。但是，善与恶的界限就在一念之间。仅为生存所需，适当合理地对自然资源的取用，乃情理之中，也是自然更迭和社会发展的必要基础，此为善。反之，则为恶。

我很推崇这样一句话："如果捕食者的天性不是杀戮，而是为了生存，仁慈与宽容就没有价值。"如果任凭鸟巢里嗷嗷待哺的雏鸟活生生地被饿死是一种残忍，而涸泽而渔、杀鸡取卵等灭绝性地猎杀就是另一种残忍。有些人贪得无厌，欲壑难填，他们的欲望就像一个没有边界的黑洞，吞噬永无止境。他们恨不能抽干一江之水，或用绝户网把所有的鱼一网打尽。他们投毒，用电烧，用火药炸，手段卑劣，无所不用其极，要把鱼类赶尽杀绝。人类炖了它们的肉，炸了它们的骨，把它们的孩子做成了鱼子酱，把它们的鳍做成了昂贵的鱼翅……鱼类的身体变成了一沓沓钱币流进商人的口袋，又变成了奢华服饰、车、房子等。更有甚者，以食物为借口对动物展开大规模血腥屠杀，诸如日本、丹麦的屠鲸行动简直是惨绝人寰，那声声凄厉的哀鸣，那被鲸血染红的血海，令人触目惊心。

就食物而言，长江儿女还没有饥饿到必须依靠天然水域的鱼类来维系生存的程度吧！许多人为了满足自己对"野生"口味的猎奇，不惜违规违法，实在不妥。口舌之欲亦为贪。小贪之始，大恶之源。尽管我们处在掠食者顶端，也不可肆无忌惮地掠杀。孟子早就告诫我们："数罟不入洿池，鱼鳖不可胜食。"正所谓道法自然，自然规律不容破坏，否则将会得到应有的惩罚。我们更要明白唇亡齿寒的道理，保护动物就是在保护人类自己。面对与人类相生相伴的动物，我们真应该虔诚地忏悔。不要等到一个个生物种群都离我们而去，临末只剩下人类，孤单无依，悔之不及。但愿诸多生物的灭绝能重新唤醒人们对自然的敬畏之心，对生命的悲悯之心。否则，我们与丛林中的野兽又有何异？

我无法想象，如果有朝一日水里没有了鱼，那会是怎样的境况。我为此而感到惶恐不安。我们时常说鱼水情深。是啊，鱼离开水就无法生存，水没有了鱼，就失去了生机，成了死水。一个失去了鲜活生命的江河，它还是江河吗？如果天空没有鸟儿的飞翔，白云一定会想念鸟儿的翅膀。如果水里没有了鱼儿的游弋，浪花肯定也会怀念鱼儿的呼吸。正因为每个物种的相互依存，这个世界才变得多彩多姿，才会充满鲜活的力量。

白鲟这个物种消失了，我无法逃避这个现实。面对单个生命体的殒落，我可能仅有一时的悲哀、伤感、痛苦。但面对一个物种的灭绝，我除了绝望，还充满着血液被抽空的无力感和窒息感。一片叶的枯萎与一棵树的倒下，一朵花的凋零与一株花的死亡，不是一个量级。前者是空间消亡，只是某个局部的消失。后者是时间消亡，意味着在无限的时间长河里，它的身影永远被抹去。它被地球完全抛弃了。白鲟的灭绝再次为长江生态敲响了警钟：我们肆意滥捕、围湖造地等行为，已给长江渔业生态带来近乎毁灭性的灾难。目前，长江已进入"无鱼"等级的窘境，这是我们对母亲河犯下的不可饶恕的罪行。丧钟不仅仅是为白鲟而鸣，更为贪婪的人类而鸣。

亡羊补牢，犹未为晚。令我感到欣慰的是，自 2021 年 1 月 1 日起，长江流域已全面常年禁渔，暂定十年。国家以强有力的关公刮骨疗毒似的行政手段来保护、修复长江的生态环境，给长江鱼类得以喘息繁洐的时机，我不得不为之拍手称快。我期待着“夕阳泛江，鱼儿满舱”的盛景再现母亲河。

曼珠沙华的“诅咒”

世间雁燕本无情，天上参商谁会面。

花叶自是同根生，何事开时不相见。

宋代诗人胡仲弓在山中见到一种奇特的植物，花叶不相见，于是感而赋此诗。这花有一个更动听的名字——曼珠沙华，音译自梵语。单听这名字，便觉得妖娆。

传说，它是开在冥界三途河边、忘川彼岸接引亡灵的唯一的花，所以也叫彼岸花。花叫曼珠，叶叫沙华。它们因相恋违规私会而遭受惩罚，承受永世轮回的诅咒——花叶永不见。正是这样的传说，它被贴上了幽灵、死亡、地狱、离别的标签，弥漫着鬼魅、神秘、不洁的阴气。

是年九月，白露刚过不久。一日晨初，霜飙急急来袭，更兼昨夜潇潇细雨，小城陡增了几成清寒。我沿着双井寨湿漉漉的青石步道，一路奔跑而过，邂逅了一场曼珠沙华繁盛的花事。

那是林边几团火红的色彩，蓦地进入我的眼帘，那红夺目而璀璨，鲜亮而刺眼，意欲流淌。我驻足细看，只见枯黄杂乱的落叶覆盖的路边，几枝花梗那么孤零零地直挺挺地兀自地立着，仿佛不是从泥土里长出来，而是人为插在那儿的。细细长长的花瓣，针一般地向四周伸展，那么恣意又有规律地排列。尾端向上，向内翻卷，勾勒出一弯弧线，红得发紫。整个花冠极像一把倒撑着的伞，又若凌空垂下的根根丝线被点燃，形成一团团毒烈的火。可是，那红色的火并不温暖，反而浸透着凄寒、冷艳。它完全与众不同，形与色里盈满咄咄逼人的“妖”气。花姿那么妖异，花色那么妖艳，堪称妖魔中的精灵，很妖魔，又很温柔。我似乎触及一种轻佻与不羁，一种魅惑与怪诞。它的蛊诱深沉而变态，让人难以靠近，却又无法拒绝。首次遭遇一朵花开得如此凄美而惊悚，迥异又玄幻。我凝视着，竟有点愕眙不得语。

十几天后，花渐渐枯萎直至完全凋落，拨开枯叶，一片片叶芽破土而出，深绿的叶片中间露出一条灰白的色带，很浓，显著，带着剑一般的寒光，当叶变得葱葱茏茏的时候，色带就淡了，隐约可见，普通得不能再普通。

甚为有幸，我在它的生命之外，以一个旁观者的清明，邂逅它的花繁与叶盛，见证了它所谓的“诅咒”，花开不见叶，花落叶始生，花叶不见，生生相错。

本是同根生，终究疏离得花是花，叶是叶。曼珠过于妖蛊、魅惑，沙华过于拙朴、憨钝，形姿与性情截然不同，它们又如何能融合在一起？它们在季节里各自独行。花，独自开，独自凋。叶，独自生，独自萎。花在花的天上，理所当然地妖艳、灿烈。叶在叶的人间，顺理成章地安静、低温。一个喜欢艳阳下赏花，一个倾心月辉里品茶。无所谓好坏，无所谓对错，只是选择不同。做叶，就老老实实地做一片叶，不用羡慕花的娇艳，努力地把每片叶子长得翠色碧透、恬淡舒展。做花，就认认真真地做花，你可以尽情挥霍妖艳，也不用嘲笑叶的拙朴、纯性。

曼珠沙华与罂粟花一样，美得妖冶、毒辣，不被祝福，也是情理之中。可是，它仅是一株花卉，它知道世人赋予它这邪恶的“诅咒”吗？如果它真的有知，在如此漫长的寂寞岁月，没有春风十里，没有满心欢喜，曼珠默然花开寒秋，沙华静寂生长。没有怨愤，毫无颓丧，依旧那么坦然自若地活着，而且活得自我，活得精彩。明知是等不到的约定，依旧那么执着地不知疲倦地奔赴。一年复一年，真叫人钦佩。更令我欣慰的是，花叶生在隔世时光，不逢不遇，然而殁于一隅，相融相合，化作一抔春泥，沤成肥，养护对方，落红与落叶倒是有情物了。让某些经不起一点感情挫折的人，让某些情变而互相伤害的人汗颜吧。

忽然觉得它很无辜，讨人怜悯。其实，所谓“诅咒”纯属牵强附会。这不过是人类将己之不得的情感转嫁于自然万物，赋予它们以性灵，旨在寄情罢了。诸如梅之傲、兰之幽、竹之坚、菊之淡，它们被人冠以正直、纯洁、坚贞、淡雅的君子气节。再如杜鹃啼血、折柳送别等等，无不如是。

浩浩宇宙不断膨胀，绝大多数星体彼此远离、陌生，恒不相交。这才是万物常态。试问，同在蓝天下，茫茫人海中，你相识相知有几人？无数人都处在互相平行的空间，彼此孤立，永无交集，即使擦肩，也形同陌路。

你的人际圈子只是一个微不足道的“小星系”，宇宙有无穷无尽的“大圈子”。

在太平洋和大西洋的交汇处，一边是浑浊的灰色，一边是清澈的蓝色，泾渭分明，好像互不融合。有浪漫的文艺青年从中悟出了爱情单相思的真谛。身在咫尺，心却天涯，看似唾手可得，实则遥不可及，像曼珠与沙华，像许多的单恋情人。不走近，因不能拥有，不走远，因害怕失去，在不远不近处驻足，默默地守望，静观心中那一湾摇曳的水波在岁月里涨落。这应该是世界上最遥远的距离，有点动心，也有点虐心。

相逢只在一瞬间，转身已是各东西。五百年才修得一次回眸，相遇相识相知真是莫大的福缘。就此而论，与素昧平生相比，离别也是万分幸运的，毕竟曾经拥有。如同相交线，领略过交汇点的激情澎湃，从此便冷却下来，渐行渐远。更诡谲的是，缘尽缘灭，往后余生彼此恐难再见一面。

理想的丰满往往抵挡不住现实的骨感。年少时总以为最好的感情是朝夕缠绵、如胶似漆，总以为离开了对方就食无味、寝不安，甚至活不下去。但经历过背叛后，可能连吵架都觉得多余。曾经的“你侬我侬，忒煞情多”，最终不过是东劳西燕，各自分飞；曾经的温情脉脉，最终不过是冷若冰霜；曾经的海誓山盟最终还是一个人的一蓑烟雨。

纳兰性德说得好，“等闲变却故人心，却道故人心易变”。感情这东西太善变，经不起时间的腐蚀。得到的最终变成“蚊子血”“饭粘黏子”，得不到的永远是“朱砂痣”“白月光”。当两个人不能相濡以沫时，那就相忘于江湖，不要强求，不要伤害，只需用沉默来祭奠。从此不谈悲苦，不谈亏欠，各安天涯，各自圆满。

人生很短，道路不宽，不要谋求太多遇见，无须把无关的人都请进人生。也不要为失去而遗憾，散了就散了，何必深陷泥淖无法自拔。热闹过后，总是一个人独自消受孤独。无须人问粥可温，无须有人伴黄昏，这样的日子才真实。人总要在纵里寻它千百度后，方才恍然醒悟，归路只在内心深处。没有谁能真正走入另一个人的内心，去理解，去感同身受。唯有自己是永远的灵魂伴侣，独自舔舐，独自修行，独自抚平内心的沟沟壑壑，使之平润、安稳、坚韧起来，逐渐走向静水流深。

仔细想来，曼珠沙华的“诅咒”更像是一场生命的独旅，两个曾经熟悉又彼此陌路的生命独自在岁月的沧桑里自渡彼岸。生命的彼岸并非空间的对岸。对岸是非自我的横向，空间上有能够到达的距离，到达对岸即意味着结束，就如失去了一片航行的海，没有了继续修为的波澜。彼岸是自我的纵向，是自我修行的方向。向内求诸于己，修为到何层次，此处就是彼岸，而彼岸无限高，永无止境。如果只是沉溺于外部的世界，将永远无法到达自我的彼岸。强渡对岸更是南辕北辙，离自我的彼岸越来越远。

然而，我们又极容易落入另一个陷阱。我们在自我的空间之内，捡拾时间化成的无数碎片，在细枝末节中陶醉流连，始终无法一睹漫漫时间长河的真容。我们如同坐在一列疾驰的火车上，目睹窗外的风景飞驰而退，一框又一框，一帘又一帘，却无法摁下时间的暂停键，我们无奈、惋惜、感叹。我们能感受到颠簸阵阵，也能听到车辚隆隆，但我们不能跳到窗外，沿着延伸的双轨，把列车驰骋的长影尽收眼底。许多人只是时间长河里的一粒沙子，随波逐浪，任由生灭。

有才情的人，孤高。有灵魂的人，纯粹。孤高和纯粹是容不下俗世污秽的，这样的人更适合一个人独行，与世无争，一尘不染。

在读《顾城的诗》时，一位同事问：“顾城的诗孩童般的纯真，怎么还会杀妻？”我竟被噎住了。后来想想，他的症结所在正是太纯粹、太梦幻，跳不出自我的禁锢。如他的诗，“黑夜给了我黑色的眼睛 / 我却用它寻找光明”。他一生都活在自己构建的童话般的理想世界，以至于他在谢烨、英儿、大鱼之间的爱情纠葛里任其奔涌，天旋地转，仿佛是脱缰的野马，不能驾驭，不能自度。他被自己的孤高囚禁住了，他被自己的纯粹锁死了。

历经半世烟雨，爱过、恨过、伤过、痛过。“回首向来萧瑟处，归去也无风雨也无晴。”东坡此句恰应了我当下心境。如今觉得一个人独行很好，没必要浪费时间去陪无干的人演戏。独自眠食，独自旅行，独自散步，独自读书、码字和冥想，独自清欢，很安然。人生总有段路需要脱离喧嚣，一个人走，把心沉淀下来，修禅、觉性、悟道。如果这算是诅咒，那就诅咒我吧！

余生不将就，不奢求，有人同行，随缘，惜缘。无人同行，那就单枪匹马仗剑天涯。收拾好生活中所有的杂沓，轻装上路，策马徐行，赴一场生命独旅。

日本深度游

PREMIUM

[日]TAC出版编辑部 编　詹雪 译

仙台·松岛·平泉

おとな旅プレミアム　仙台·松島·平泉

人民东方出版传媒
People's Oriental Publishing & Media
東方出版社
The Oriental Press